世间所有的
不期而遇，
都是
最好的安排

淡淡淡蓝　著

花山文艺出版社

图书在版编目（CIP）数据

世间所有的不期而遇，都是最好的安排/淡淡淡蓝
著.—石家庄：花山文艺出版社，2019.5（2024.1重印）
 ISBN 978-7-5511-4596-1

Ⅰ.①世… Ⅱ.①淡… Ⅲ.①散文集－中国－当
代 Ⅳ.①I267

中国版本图书馆CIP数据核字（2019）第070955号

书　　名：世间所有的不期而遇，都是最好的安排
著　　者：淡淡淡蓝

责任编辑：刘燕军
责任校对：温学蕾
封面设计：零三五创意设计
美术编辑：王爱芹
出版发行：花山文艺出版社（邮政编码：050061）
　　　　　（河北省石家庄市友谊北大街330号）

销售热线：0311-88643299/96/17
印　　刷：三河市天润建兴印务有限公司
经　　销：新华书店
开　　本：880 毫米×1230 毫米　1/32
印　　张：8
字　　数：170千
版　　次：2019年5月第1版
　　　　　2024年1月第2次印刷
书　　号：ISBN 978-7-5511-4596-1
定　　价：49.80元

步 履 不 停

初夏，蜜桃成熟的季节，朋友请我去她家的桃园采摘桃子。

如果说春天的桃园美得让人心醉，夏天的桃园则让人欢欣雀跃，神奇的大自然把累累果实捧上枝头，一株株的桃树，被压弯了腰。

我拎着篮子，迫不及待地采摘起来，只一小会儿，就采摘了小半篮儿。朋友检验我摘的桃子，说，你采的桃子还不够成熟，有点青涩，你看我摘的，这才是一枚合格的成熟桃子。

拿起朋友采摘的桃子，毛茸茸白里透红，阳光下美得不可方物。想起刚才我摘的时候，总是要很用力，才能把桃子从树枝上生掰硬扯下来，实在是过于粗暴了。

真正成熟的桃子，采摘时，只要用手掌握住，轻轻一碰触，就落在了手心。

这些年，在业余时间断断续续写了近五十万文字，期间得到许多编辑老师的厚爱，得以让这些文字见诸报纸和杂志。也加入了一些和写作有关的组织和协会，但自始至终觉得自己仍然是写作界的一名新人，只敢以小小的写作者自居。

倒是非常喜欢一位文友给我的称号——生活家。

在波澜不惊的生活中，去体味和咂摸出美好，让生活来滋养我们的内心，是一种能力。

我们追寻一生的幸福，似乎总是遥不可及。但其实它琐碎微小，细腻的人方能感知，当你迎着光低下头，它才会不经意地悄然造访。

汪曾祺先生曾说："人生如梦，我投入的却是真情。世界先爱了我，我不能不爱它。"

爱这个世界，努力又深情地活好自己的每一天。

这些努力又深情过的所有日子，都不会辜负你。也许有一天，你想要的，会与你不期而遇。

感谢这本书的面世，这些文字很家常，不太出色也不华丽，没有大道理，但书中的每一篇文字，都是一个热爱生活的中年女子，从最细微的日常中，努力认真地感受这个世界的痕迹。

如果这一本小书，能让你在品读的过程中，时时有会心一笑的瞬间，足矣。

目 录

第一辑　日常生活，就是我的神殿

你是在真实地生活，而不仅仅只是活着 … 2

你在厨房挥汗如雨，我为你递上一块毛巾 … 5

一日三餐这件小事，让恩恩怨怨云淡风轻 … 9

那样平凡的一碗面，滋味却回味无穷 … 13

菜市场里的大叔，流落在民间的食神 … 16

在春天结束之前，做一碗咸肉菜饭 … 20

我与南瓜的爱恨情仇 … 23

丧心病狂的瘦子，最热衷的日常是吃吃吃 … 28

生活不易，美食不可辜负 … 32

我不在菜市场，就在去菜市场的路上 … 35

网购时代，我还是喜欢逛逛小店 … 38

生活最好的状态是冷冷清清的风风火火 … 41

房子可以是旧的，生活却是新的 … 44

人到中年，方知何为清欢 … 47

所有虚度的时光，也是好时光 … 50

平凡的生活，有不平凡的味道 … 54

每一个简静的日子都是良辰 … 57

未知的生活，藏着无限种可能 … 60

生活，有时候需要一顶帽子 … 63

第二辑　摇曳多姿，世间的美好

最美的景色在眼睛里，最好的旅途在心里 … 66

爱上了摄影，就会爱上边走边拍 … 70

一个人可以清风明月，也可以波澜壮阔 … 73

把时间浪费在美好的事情上 … 77

打扮自己，是女人终生的修行 … 80

三十天六万字，我做了一件很"燃"的事情 … 83

那些安静的人，空闲时都在干什么 … 88

做一个安静的瘦子，沉浸在瑜伽的婆娑世界 … 90

把一地鸡毛关在门后，享受门外的日子 … 97

那些无用的爱好里，藏着未来的道路 … 99

最会拍照的女诗人，最会写诗的女摄影师 … 102

养花种草，是为了给闲淡的女人看清晨的露 … 107

"抛夫弃子"去旅行，是平凡主妇的英雄梦想 … 110

"麻布袋"，生活的另一种姿态 … 114

第三辑　欣喜相逢，很高兴遇见你

等一场雨，似是故人来 … 118

世间所有的不期而遇，都是最好的安排 … 121

有没有那么一顿消夜，能让你忽然想起我 … 129

十年，谁不是一边挣扎一边笑着流泪 … 133

早晨闹钟一响能够马上就起的人，不是心肠硬 … 138

羡慕妈妈有女儿，而我没有 … 140

千江有水千江月，深知身在情长在 … 143

心中有爱的人，会用食物去疼爱他所深爱的人 … 149

我已不年轻，而你还健康 … 153

每一个妈妈，最终都会成为外婆那样的女人 … 156

不介意独来独行，或许有你更好 … 161

美好的友情是怎样的 … 164

从他人身上，见到岁月流逝 … 170

有一种声音，在时间深处 … 173

没有一种生活，可以囊括我们所有的选择 … 175

我在你身边，而你一直熟视无睹 … 179

写字楼里除了光鲜靓丽的白领，还有他们 … 182

孩子在高考的时候，我在做些什么 … 184

您仰着头，就像是坐在路边看天上的星星 … 187

孩子，你终究会成为大人 … 189

明亮的朋友，也会把你照亮 … 192

第四辑　大千世界，不完美是人生真相

没有向死的勇气，哪有活下去的动力 … 196

愿我们都被这世界温柔相待 … 198

在不那么自由的世界，自由自在地生活 … 201

那些成功的人，都是干一行爱一行 ··· 204

每一个狠角色，都曾是不甘平凡的路人甲 ··· 207

不完美是人生真相 ··· 211

出来混，别那么玻璃心 ··· 214

你不是全部的我，所以你不懂 ··· 217

为什么我们厌倦朋友圈，又离不开朋友圈 ··· 221

没有自虐过的人生，怎能拥有酣畅快意 ··· 225

一个注重细节的人，会从人群中脱颖而出 ··· 229

当我们使用表情包时，我们在表达什么情 ··· 231

朋友圈，一群人的狂欢 ··· 234

那个保安大叔，我没有比他更体面 ··· 237

你的修养，是你后天的容貌 ··· 241

整得出漂亮的皮囊，整不出内心的万种风情 ··· 244

做一个内心强大的人，而不是做了只为"给人看" ··· 246

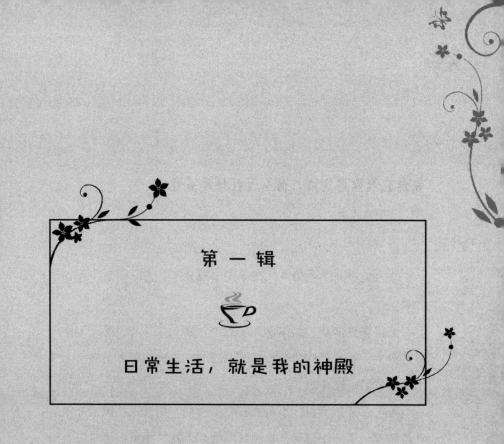

第 一 辑

日常生活，就是我的神殿

你是在真实地生活，而不仅仅只是活着

　　从好友处讨教来方子，周末在家煮奶茶，这是我第一次动手做奶茶。

　　做法非常简单，奶锅里加水煮沸，倒入红茶和淡奶，再小火煮几分钟，按自己的口味加糖然后过滤，一杯奶茶店里卖十元以上的丝袜奶茶就煮好了。

　　迫不及待抿一口，不由得在心里叫好。奶茶入口嫩滑如丝，香醇浓厚。喝一半想起来拍照发圈嘚瑟，几个闺密嚷嚷着要上门来验证我是不是在吹牛。

　　嘴上恨恨地说"都是自己嘚瑟惹的祸"，心里却很是欢喜她们来。当即和闺密们敲定时间，又琢磨着闺密来了，还得再亲自做几款甜品，甜品加奶茶，才是下午茶的标配呀。

　　回忆一下，上一次在家里招待朋友，是多久之前的事了？平凡的日子，似乎有了新的期待。

　　喜欢出去玩，也喜欢宅在家里。宅在家里，家，就是我的花花世界。

　　有阳光的日子很好。

　　早晨起来，拉开窗帘，阳光扑面而来，细尘和纤维在阳光下

格外明显，和着空气飞舞旋转。光影就是摄影师的命啊，虽然我绝不敢自称摄影师，但我敢说我爱摄影。顾不上刷牙洗脸，手机和单反同时出动，咔嚓咔嚓先拍个过瘾。

中午，阳光慢慢移到客厅，客厅的一面是很大的落地玻璃窗，阳光铺满了每个角落。把花花草草都搬到玻璃窗下，让它们排排坐，晒太阳。拍拍这个，拍拍那个，还给它们拍集体照，拍不够，爱不够。

黄昏，最后一缕光影落在餐边柜上，像笼罩了一层金光，让人莫名温柔，又想轻轻叹息。

就这样，宅在家里，追逐着光影，不厌其烦地拍了一天的照片。

下雨的日子很好。

下雨天，喜欢听着雨声看书，"雨声潺潺，像住在溪边"。看书倦了，发会儿呆，有时蒙着被子昏天黑地睡午觉。一觉醒来，大雨滂沱。窗玻璃上一层又一层的雨帘，透过雨帘，远处氤氲朦胧，像一幅流动的水彩画。这一幕很美呢，抓起相机，记录下这雨天曼妙的一刻。

阴天亦很好。

喜欢在阴天做零食解馋。紫菜放香油、生抽烤几分钟，就成了香脆的海苔。买两斤金橘，用盐水浸泡洗净，再一个个耐心去掉里面的籽，用冰糖文火熬，金橘渐渐透明绵软。把熬好的金橘装进玻璃罐密封，想喝的时候就夹两个出来冲泡，清清凉凉。

收到快递，是给自己买的小羊图案的胸针，精致软萌。心念一动，拎着相机，带着小羊胸针去楼上露台"旅行"。那一刻，它不仅仅是一枚胸针，而仿佛真的成了有生命的小羊。它静静地躺在婆婆纳的怀抱里，或者是低头深情地凝视薄荷，它不会说话，但我知道它心里在表达：我喜欢你是寂静的。

预订已久的粉色樱花餐具到货了，小心翼翼地拆开被层层包裹的碗碟，中年阿姨的少女心喷薄而出。不能辜负的美好，把餐具放在阳光下，让它们和粉色的小雏菊快快乐乐地合了影。

和妈妈煲电话粥，妈妈说他们今天做了菜饭，说得我也馋了。立刻去菜场买了菜薹，水龙头汩汩地流着水，清洗着菜薹，灵感突如其来。等菜饭一下锅焖着，心急火燎地打开电脑码字。菜饭焖好，文章也写好了。那天，吃了两碗菜饭，心满意足。

有一天，一个从来不给我评论的朋友突然给我发了一条消息：你是在真实地生活，而我仅仅是在活着。

我有一秒钟的震惊。是的，震惊。因为，偶尔，我也会斟酌一下自己发状态的频率，担心这些于我而言乐在其中的日常，其实只是别人眼中的"矫情"。

黎戈在她的书《时间的果》里说："我是个无神论者，但是，如果有什么在我的生命中接近信仰，那就是日常生活。"

想起有一个朋友，曾经很真诚地对我说：你不够坚持。你明明好好地写着文章，却又去玩摄影。玩摄影也罢，却又跑去做美食了。

我有一些羞愧，却仍然试图说服朋友，我本胸无大志，只是贪恋平凡生活中的小小美好。日常生活，就是我的神殿。

日常生活，它千篇一律，也千变万化；它平平淡淡，也活色生香；它不深刻也不独特，却常常令我怦然心动。它不会给生活带来惊天动地的变化，只是慢慢地，它变成了一束光，长出温柔的力量，一路洒在我生活的路上。

你在厨房挥汗如雨，我为你递上一块毛巾

我的好朋友亚芳是北方人，他们家的饮食习惯北方口味偏多。一有空她就亲自动手擀面，包饺子，做包子、肉夹馍，还有各种稀奇古怪令人垂涎三尺的饼。一逮着机会我就去她那儿蹭饭吃。

有一天中午，我们还在上班呢，她在朋友圈发状态：午饭，两盘手工饺子，有图有真相。

这个时候就要眼明手快，我赶紧抢沙发：有多的吗？我来吃。

她回我：还有十个，来不来？

一下班，我就飞速地奔赴她家。结果，除了十个水饺，她还给我煮了一碗小馄饨，烤了土豆饼和豆沙酥，外加一个橘子。

在她心里，我就那么能吃？

我想我应该装装矜持，假装我是小胃口的精致女人，故意剩下一点。可是，嘴巴和胃背叛了我的内心，我羞涩地把这一堆东西全吃光了。

前几天，快半夜了，我正准备睡觉，亚芳微我：我做了肉夹馍，好吃极了。极其成功。

还没等我发嘴馋的表情，又补一句：你要不要吃？

我激动死了，以为她要我立刻、马上去她家吃。

5

心里七上八下地斗争：这么晚了，做一个厚颜无耻的吃货真的好吗？

就在我犹豫的当儿，亚芳又发来一句：明天中午来吃。

我顿时放下心来，不怕被她的俩宝贝女儿抢完吃不到了。

第二天，本来早餐给自己准备的是一只粽子、一个鸡蛋、一杯牛奶，为了中午多吃点，我把鸡蛋留着放包里备用（万一中途饿了，就拿出来吃了算了，当然最后我艰难地忍住了）。

亚芳还邀请了另外两个朋友一起去品尝，结果她们都有事去不了。

有什么十万火急的事呢，再忙也要吃饭对不对？对于我来说，"吃"字面前，其他一切都先让道。

亚芳说，那就只有让淡淡一人独享了。

我心花怒放，一脸馋样。

主食肉夹馍，我以为搭配着稀饭吃，再搞点榨菜丝什么的就很好了，对吧？

结果呢，亚芳又给我整了几个豪华的。

玉米甜汤，鲜虾粉丝煲，炸馒头片，清炒绣花锦（一种蔬菜）。

肉是炖了好几个小时的五花肉，看着亚芳小心翼翼地从锅子里夹出两大块肥瘦相间、香气扑鼻、油光发亮的肉，我的口水就"哗"一下冒出来了。

为什么要小心翼翼？因为肉已经炖得熟透，一不小心就会夹碎了。

她呼哧呼哧吹着热气把肉切碎，用小刀给刚出炉的馍豁口，然后把滚烫的肉糜夹到馍里，哎呀，这过程看得简直不能忍。

开吃！哪里还顾得上什么吃相，直接用手拿起肉夹馍大快朵颐，感觉自己哪里只是少吃了一个鸡蛋，简直是好几天没吃饭了。

才不告诉你们我吃了几个。

文友菟菟前几天问我，你最近在忙什么，文章都不写了。

我理直气壮地说，我忙吃的呢，每天琢磨搞点什么好东西吃吃。

其实年轻的时候，我并不是这么"贪吃"的人。

一碗白泡饭，一包榨菜丝，我也可以吃得津津有味。只要不让我下厨，给我吃什么我都不会挑剔。

一直到我自己动手后，我才领略到了厨房和食物的意义。

那些最动人的瞬间，不是你递我一枝玫瑰花，说一句我爱你，而是你光着膀子在厨房挥汗如雨，我恰到好处地为你递上一块毛巾。

"一把青菜一条鱼，人世间的匹夫匹妇。"张晓风曾经写文说，看见有人当街亲热，竟也视若无睹，但每看到一对人儿手牵手提着一把青菜一条鱼从菜场走出来，一颗心就忍不住恻恻地痛了起来，一蔬一饭里的天长地久原是如此味永难言！相拥的那一对也许今晚就分手，但一鼎一镬里却有其朝朝暮暮的恩情。

暮色四合，多少人的步履匆匆，脸上的表情漠然，心里却思虑翻滚：待会儿鸡清炖还是红烧？虾白灼还是油爆？点亮暖黄的灯，从冰箱拿出一份份食材，洗洗切切，锅子里渐渐有腾开的蒸气弥漫，窗玻璃一团白雾，食物的香气飘了出来。这一刻，除了吃，还有什么人生大事？

厨房的一方小天地，却是一个大世界。每每在厨房安心地做一个主妇，再焦虑的心都会渐渐平静。香喷喷的食物让我们满足，让我们感知幸福，治愈我们身外的一切疲惫。下厨的意义，不是逃避，不是躲藏，而是慢慢理解平凡生活的真谛。

小时候，外婆偷偷地在做小生意的外公的钱盒里拿钱，去给我买韭菜盒子。高考那天，妈妈特意给我做且只允许我一个吃的清蒸鳝鱼。爱人找遍大街小巷，买来我爱吃的家乡米线。生病的时候，孩子笨手笨脚地给我做了一碗红糖鸡蛋。一个下着大雨的冬夜，几个朋友各自步行从家里出发，到我家楼下会合，去小吃街喝一道淮南牛肉汤，那个静寂的深夜，四个女人肆无忌惮、酣畅淋漓的笑声至今让人记忆犹新。

岁月是一条静静流淌的、无法回头的河流，生命漫长过程中的那些悲欢离合，那些刻骨铭心，那些爱恨情仇，那些以为一辈子都忘不了的人和事，最终都输给了岁月。

能想起来的，还能让我们嘴角上扬，内心会柔软一下的，差不多也只是和"吃"有关的记忆了。

一日三餐这件小事，让恩恩怨怨云淡风轻

晚上7点多，儿子突然回家了，简妮又惊又喜。这个高考填志愿时叫嚣着要去离家千里之外的大学（最终录取到了百里之外的相邻城市），且一个学期只回一次家的小子怎么毫无预兆地空降了呢？

晚饭时简妮还在微信上问他，吃饭了吗？明天周末有安排吗？小子如往常一样，一小时后回复才慢悠悠地驾到：还没吃，没安排。干巴巴的六个字，简妮叹口气，索然无趣啊。

而此刻，仅仅2个小时之后，这个家伙就风尘仆仆地站在了她面前。瘦了，洋气了，脸上的青春痘也渐渐隐去，帅了好多啊！简妮想和他大大地拥抱一下，他嫌弃得又是摆手又是后退，还大呼小叫，哎哟喂老妈，收起您那肉麻的老一套,给我做点吃的行吗？

什么？这个点了还没吃饭！简妮心疼了，转身就去冰箱搜罗食材。对没事就爱在厨房捣鼓美食的简妮来说，这种"突击地大驾光临"难不倒她。冰箱里的储备很充足，圣女果，洋葱，土豆，鸡蛋，青红椒，鸡腿，培根……可以做照烧鸡腿饭，还可以做培根意面，你想吃什么？

儿子舔了舔嘴唇，哇，两样我都想吃啊，想死老妈做的菜了。

简妮心花怒放，决定先给儿子做培根意面解饥。

麻利地穿上围裙，这边先在锅子里加水煮沸，放入意面，又滴入两滴橄榄油，让它慢慢煮。拧开水龙头清洗洋葱和圣女果，儿子也没闲着，一反常态地挤在一旁和她扯闲篇，看着她把洋葱切成丝，圣女果一剖为二，又把培根切成小块，边看边赞，老妈，你的厨艺水平貌似又进益了哟。

简妮得意地点点头，心想，还不是你高三那一年我勤勤恳恳为你做后勤打好的基础。

食材准备妥当，拿出平底锅，小火加热，倒入橄榄油，先煎培根，不一会儿，培根"滋滋滋"开始冒油，迅速倒入洋葱炒出香味，再倒入圣女果，又挤了一大勺番茄酱，整套动作行云流水，一气呵成。

15分钟后，一道色彩绚烂、吸人眼球的番茄培根意面就热气腾腾地端到了儿子面前。

慢着，必须给儿子泡一杯咖啡啊！简妮知道，咖啡是儿子的最爱，高三那一年，可全是靠咖啡撑着，才熬过一个个刷题做卷的深夜。

看儿子满意地喝着咖啡，吃着意面，简妮才发出心中的疑问：是不是出了什么急事？这么晚突然回家，也没事先让爸妈来接你？

儿子抿嘴一笑，放下手中的咖啡杯，拉过玄关处的行李箱，窸窸窣窣地摸出一个盒子，递给简妮，轻描淡写地说，喏，下周你生日，可是我下周学校有好几场考试，回不来，这不提前回来看看你啦！

简妮大叫，哇哇哇，你怎么对妈妈这么好！

表情夸张的简妮，心里翻滚着的却是感动和心酸。

此刻这个贴心充满柔情的儿子，谁能想到，是在高三那一年令她心力交瘁、几欲发狂，令全家鸡飞狗跳叛逆又桀骜不驯的臭小子呢？

那个时候的儿子，是浑身长满刺的刺猬，一言不合就翻脸、摔门，动不动就在学校闯点祸，她只好蹙眉耷脸地去学校处理。不聊学习还能相安无事，一聊学习就要上演开撕大戏，直到某一次儿子半夜还拿着手机看剧却美其名曰放松，简妮气极，怒不可遏地一把抓过他的手机摔个粉碎。那一次摔，伤透了两个人的心。

最后简妮心灰意冷，除了天天闷在厨房给他做好后勤保障，其他时候都小心翼翼地看高三党的脸色行事，他若天晴便全家灿烂。

也是在那段时间里，厨房给了简妮极大的安慰。她决定好好做一个温柔的妈妈，就从好好给儿子做早餐开始。她大刀阔斧地采购厨房用具，冰箱里每天都要储存新鲜的食材，下载了许多学习厨艺的电子课程，每天用心搭配早餐，从每周的早餐不重样，甚至精进到了一个月早餐不重样。

中午儿子在学校吃，那么晚餐就更是重点，煲汤、卤煮、爆炒、清蒸，慢慢地，简妮专注于厨房的快乐，放弃对儿子学习上的纠结和怨念，把全身心放在做好一日三餐这件小事上，抑郁的心情不知不觉竟然被治愈了。

渐渐地，和儿子的关系也有了缓和。每次看儿子把早餐吃得一点不剩，简妮都会偷偷地开心好久。某次，简妮在饭店尝了一道红酒烩牛腩，妙不可言，当即模仿做给儿子吃。她去采购了上好的牛腩和红酒，花了三小时的时间慢慢烹出了一锅醇香，牛腩在红酒和番茄的浸润下，肉香弹牙，酥而不烂，儿子大快朵颐，直呼"天哪，怎么这么好吃"！并评价她做的这道菜已经超越外婆做的卤牛肉，取得他心目中拿手好菜第一名的地位。

难挨的高三这一年终于磕磕绊绊地过去，填志愿的时候，儿子说，要离家远一点。简妮问他，离家千里你会想家吗？儿子满不在乎地说，才不想呢，我终于可以脱离你们的魔爪，生活在自由自在的天空下，这该是一件多么值得庆幸的事啊。

说完，似乎为了安慰简妮似的，儿子拍了拍她的肩膀说，不过妈妈，我会想念你做的早餐，还有红酒烩牛腩的。

那一刻，往日的"恩恩怨怨"全都云淡风轻，烟消云散。

深夜，简妮戴上儿子给她买的降噪耳机，琢磨着明天做点什么给臭小子吃呢？新学的滑蛋鱼柳、桂花酱小排、话梅秋刀鱼都可以粉墨登场了，对了，儿子喜欢吃年糕，明天早餐就给他做冬笋荠菜炒年糕……

那样平凡的一碗面，滋味却回味无穷

在果腹的消夜里，我最喜欢煮面条。

点亮厨房的灯，关上推拉门，系上围裙，搜罗冰箱里常备的食材，打开水龙头，汩汩的水慢条斯理地往下流，边洗菜，边小声哼歌。

此时窗外喧嚣沉寂，繁华消逝，墨色如潮水般汹涌而来。我的厨房内，却灯火明亮，抽油烟机轰轰地响着，锅子里热气腾腾，种种香味氤氲袅袅。厨房里的我，仿佛长袖曼舞身姿轻盈的织女，心情安宁沉静。那一刻，幻想自己成了《深夜食堂》的主人，在冷飕飕又偏僻的小马路开着一间小小的餐馆。静寂的午夜，小餐馆里透着诱人的暖光，一个个不同身份、地位、年纪的食客们揭过门帘，各自寻藉着一份能慰藉他们味蕾和心灵的记忆中的美食。

深夜煮面条，尤其是在清冷又寂寞的深夜，会生出许多许多的暖意。把面条放入锅中刚刚煮沸的水中，盯着面条像人的心思一样舒展开来，又瞬间像少女的身躯一样变得柔软，被生活磨砺得粗糙不安的内心，仿佛就在这一刻失去了支撑的力量，变得绵绵软软。

慢慢喜欢上面条，就像是岁月变迁，世事总有意外，于我来说，是一件很奇妙的事情。

恋爱的时候，有一天突然犯了思乡病，心心念念想要吃到家乡的炒米线（亦是面条的一种），甚至"为伊消得人憔悴"。那时候没有网购没有快递，食物也有很强的地域性。彼时身为男友的先生，一下班就赶紧从这个城市的最东面，骑一个小时的自行来到我这边的最西面，他载着我，我牵着他的衣角坐在自行车后座，在小弄堂里穿街走巷好几天，终于在一个小角落里看到想念已久的米线。那碗米线吃得我眼泪扑簌簌地往下掉，也不知是因为米线实在太好吃了，还是因为乡情，又或者是爱情。

后来，顺理成章地和这个男人结了婚，才知道，我是嫁了一个无面不欢的男人。而我，其实并不喜欢面食，甚至可以说是讨厌。读书的时候，甚至有过吃一碗馄饨也会吐得昏天黑地的诡异经历。可是嫁鸡随鸡，嫁狗随狗，嫁给爱吃面条的男人，那就忍着呕吐去适应他煮的面条。十几年后，我终于习惯了吃他煮的面条，他也终于能煮一碗我喜欢的、简单清爽的榨菜肉丝面。也许婚姻生活，就是在这样日复一日、年复一年的妥协和改变中，彼此包容、融合，直至结为一体。写到这里，突然想起柏邦妮曾经写过一本书，书名是《味蕾记得我爱你》，酸甜苦辣的记忆片段，就算心不记得了，味蕾也会永远记得。

渐渐地，我也开始学着做面。从汤面、凉拌面一直到小马最喜欢吃的炒面。之后，面条成了家中必备食材，无论是早餐还是消夜，几分钟就可热气腾腾地出锅。妙的是，我这样一个时时对着食谱照本宣科的人，在炒面条时，化身成一个"写意派煮妇"，不按章法，信手拈来随意为之。按美食作家张公子语，就是"虽然样式模糊信手由之，但好比独孤九剑，可以大而化之"。

关于面条的故事还有很多。想起十几年前的某个深夜，我和先生临时搭车回乡下老家，到家已是半夜。小村漆黑一团，家里的大门也早已锁上。听到声响，院子里的狗警觉地狂吠。先生敲打着院门，房间里的灯突地点亮，屋内婆婆的声音响起："是阿军回来了吗？""妈，是我们。"感觉才几秒钟而已，公公和婆婆已披着衣服激动地出来开门。把我们迎进屋，顾不上嘘寒问暖，公公已在厨房的灶头间起火，婆婆从碗橱里拿出筒面，不由分说要下面给我们当夜宵。

简简单单的一碗面，上面点缀着几片青菜。扒拉开面条，发现下面还卧着一个大大的荷包蛋。这一幕，事后成了我记忆中珍藏的画面。世间再大的温情，也不过就是这一碗捧着烫手、吃着烫心的面条了。

菜市场里的大叔，流落在民间的食神

菜市场里卖面条的大婶是个暴脾气。

可能是因为独此一家吧，她的面条摊生意一直很好。有一次去买面条，等了好久才轮到我，我指着一种扁的面条问她，这个两个人吃要买多少？大婶就毫不客气地怼我，我怎么知道你两个人要吃多少？

被她冷不丁地一噎，我当场就愣住了。边上的好几个顾客哈哈笑了起来，这笑怎么看都有些幸灾乐祸的味道。

我又蒙又窘，也不敢大声，小心翼翼地嘟囔，好牛啊！

偏这大婶耳朵还挺尖，牛什么牛，你说这人的胃口有大有小，我怎么就知道你两个人有多大胃口是不是？人家两个人吃 4 块钱的有，吃 2 块钱的也有，说吧，你要多少？

最后我灰头土脸地买了 3 块钱的面条。

还有一次，我又去大婶那儿买面条。正好是午后两三点光景，菜市场里冷冷清清，大婶的摊前也一个人都没有，我心想大婶这会儿应该温和点了吧？就又壮着胆子指着要买的面条问，大婶，这种面条会不会糊？

大婶眼睛都不抬一下，冷冷地说，你煮会不会糊我不知道，别人煮都不会糊。

好气呀，真想甩头就走，可不知怎么，就忍住了快要生出的一口恶气，乖乖地拎着面条回了家。

事后想想，自己也忍俊不禁，这受虐的感觉还挺让人回味的。大概在我心中，面条大婶已然化身武林中身怀绝技的高手，招招致人要害，可我怎么又感觉大婶颇有点寂寞如雪呢。

有像这大婶一样让人受虐的，也有让人春风拂面的。

有一家专门卖各种蔬菜的小摊，摊主是一个中年大叔，大叔家的蔬菜新鲜，品种繁多。别人家的蔬菜都堆放得井井有条，用绳子一捆捆扎起来。大叔家的蔬菜却是散乱地摊着，菜堆上洒了清水，烂的不好的菜都被大叔挑了出来，放在摊上的碧绿青翠、新鲜欲滴，叶子上的水珠晶莹剔透，看着就让人心旷神怡。

大叔热情开朗，什么时候都笑嘻嘻的。大叔还不计较，抹个零头是常有的事，哪怕你只买一根黄瓜，他都会送你一大把葱。需要削皮的菜，只要你吱一声，他就麻利地为你削好。这些尚在其次，大叔的绝活在于他有一手好厨艺，虽然，我们并没有品尝过大叔做的菜。

香椿刚上市的时候，大叔会在摊上教你怎么吃香椿：这香椿啊，就像臭豆腐，爱的人爱死，恨的人恨死。可臭豆腐一年四季都可以吃到，香椿却精贵得很哩，等过了这一季，你就算再有钱也甭想吃。最好吃的当然数香椿摊鸡蛋了，香椿用开水焯一下，沥干水分，切成末，打几个鸡蛋搅匀，把香椿末拌在蛋液里。开火热锅热油，把香椿蛋液哗啦啦倒入锅中，拨拉几下就出锅，我家那臭小子，一人就可以吃一大盘……

那些顾客一边听着大叔兴致勃勃地传授技巧，一边早抓了一把香椿在手里。手脚慢的，只能望着别人手里的香椿兴叹了。

昨天我去大叔那儿，本想买点西芹和菠菜，大叔正眉飞色舞地跟人说豌豆饭：丫头，我跟你讲，豌豆就要吃当季新鲜剥出来的，超市里那些冰冻的豌豆粒你千万不要买，谁知道它们被冰冻了多久是不是？豌豆炒着吃清甜，煮汤吃鲜美，最妙的是咸肉糯米豌豆饭。糯米事先浸泡一下再煮，咸肉切成一粒粒的小丁起油锅热炒，再把豌豆倒进去刺啦刺啦炒一炒，加几滴酱油提个鲜，然后呢，你就只要把它们倒进快煮好的饭里，什么都不要管了，等饭好了再焖上 5 分钟。5 分钟就足够了哟，时间太长豌豆就要黄啦……

大叔说得活色生香，我在一旁听得口水汤汤，当即弃西芹而改买豌豆。要说大叔的口才可真是一流，在别的摊上买菜的顾客也频频被吸引过来，不知道的还以为大叔是哪个美食节目的主持人在现场直播呢！

晚上，吃着软糯香甜的豌豆饭，想起了菜市场里的大叔，莫非他是流落在民间的食神？

还有菜市场入口处的小夫妻。刚开始的时候，只卖点炒熟的萝卜干、腌豇豆还有咸鸭蛋，萝卜干里还加了白芝麻，给简单的萝卜干增色不少，一小盒萝卜干只卖 5 块钱，是绝好的下粥菜。慢慢地，他们又增加了醉鸡爪、炒花生米，还是熟食。有时候，不想做菜了，我就熬点粥，到他们摊位上买齐了所有的下粥菜。最近，又看到他们新出了冰糖糯米藕，简直要赞叹他们的巧妙心思了。下粥菜，下粥点心，把顾客的需求和心理研究得甚是透彻。

　　那天看小区附近新开了一家甜品店，刚开张的三天因为有优惠促销活动生意火爆，没想到活动一结束，就下起了雨，晚上散步的时候路过，店员寂寥地在门口张望，店堂里竟然一个客人也没有，不由得为他们担忧起来。

　　想想自己也还是喜欢有人间烟火气的菜市场，菜市场里的那些摊主们虽然不起眼，却一个个都有故事，不乏卧虎藏龙的高手。很奇妙的是，一走进那热气腾腾、湿漉漉又乱糟糟的地方，和这些摊贩们插科打诨地斗一斗，乐一乐，就好像自己踏实地和生活连接在了一起，一颗心就在左手一条鱼、右手一把菜中变得妥帖和舒坦了。

在春天结束之前，做一碗咸肉菜饭

去菜场买菜，看到每个摊点都摆放了一堆堆新鲜柔嫩的菜薹，心念一动：菜薹上市了，是时候做一碗咸肉菜饭了！

兴冲冲地拎着一袋菜薹就回了家，其他什么也没买——春节返家时，妈妈给了我两大块她自己腌制、已经晒得出油的咸肉。想起小时候吃妈妈做的咸肉菜饭，每次都是"端的两大碗"！

虽然是普通的家常菜饭，可生为人女、人妻、人母，却一次都没有实践过，想想还真是有些羞愧。在网上搜索咸肉菜饭的做法，一千个人眼里有一千个哈姆雷特，越看越迷糊，唉，本来还想在妈妈打电话提醒我之前给她一个惊喜，可是不行，在吃这件事上，妈妈才是我心中永远的大厨。

每天都要和妈妈通电话，聊得最多的话题是：今天做什么好吃的？昨天在电话里，妈妈对我说，春笋上市了，你去买点春笋做腌笃！我说哦，下班就乖乖买了春笋和新鲜的猪肉。春笋清香脆嫩，和咸肉还有鲜肉一起慢慢"笃"，咕噜咕噜咕噜，腌肉的咸和鲜肉的嫩碰撞在一起，鲜美就这样溢开了。光那浓白的汤，我就能喝两碗。

前天在电话里，妈妈又和我讲，我今天去田间挑了好多马兰头……不等她说完，我说哦哦，自觉地买了马兰头和豆干，豆干切成细丝，焯水去掉马兰头的苦涩，切得碎碎的，和豆干拌在一起，撒少许盐，淋一些芝麻油，吃一口，满是田野的清香，沁人心脾。

时光如水，在妈妈的电话声里，我知道了立春要做春饼；清明要去田间摘艾草，用春笋作馅做青团；端午要包粽子；立夏要吃豌豆饭；秋天来临的时候要烧一碗浓油赤酱的红烧肉贴秋膘；立冬，必须要包韭菜鸡蛋馅的饺子啊；到了腊八节，则要准备好八种食材，熬一碗热气腾腾的腊八粥……

至于咸肉菜饭，那是在往年冬天青菜刚刚打过霜的时候，妈妈就絮絮叨叨地和我说过一回又一回。妈妈说，经过霜的青菜是最好吃的，又甜又糯，可以吃上整整一个冬天。等到来年开春，菜叶老去，菜薹又开始柔嫩。这时候的菜薹非常美味，但是春风一吹，菜薹长得很快，马上就会开出黄色的小花，一开花，菜薹就变老了。菜薹鲜嫩，能吃的时间其实非常短暂。虽然其他青菜也可以用来做菜饭，但都比不过菜薹，所以在菜薹变老之前一定要做一次咸肉菜饭，不然，过了这一季，就要再等一年了！

春有百花秋有月，夏有凉风冬有雪。原来，四季就是在那一张小小的餐桌上慢慢地流淌；原来，用心地对待每一天的餐桌，就是用心地对待自然的每一次更迭；原来，妈妈才是最会生活、最有仪式感的人啊。

打电话给妈妈，问她咸肉菜饭怎么做。妈妈很开心，说她今天也买了菜薹。我说好，我们一起做咸肉菜饭，做好了都各自拍照发到微信群里。

大米淘洗干净浸泡半小时，咸肉清洗之后煸炒出油，和大米一起倒在电饭煲。菜薹切碎入油锅翻炒片刻即盛出，饭熟之后把炒好的青菜倒在上面，焖十分钟。再次打开电饭锅，满屋飘香，咸肉的咸味融入米粒，咸肉只剩肉香，不见咸味，米饭吸饱了肉汤，多了一层金黄的色泽，鲜香扑鼻。

　　把做好的咸肉菜饭的照片发给了在外地上大学的儿子，给他留言：娃，今天外婆在电话里手把手指导妈妈做了咸肉菜饭，咸肉是外婆自己腌的，很香很香，菜薹是春天刚上市的青菜心，很嫩很嫩。妈妈小时候，就是每年吃着外婆做的咸肉菜饭长大的。你从来没有吃过妈妈做的咸肉菜饭，请记得一定要在食堂买一碗来吃。春风一吹，菜薹马上就会变老，春天就是这样稍纵即逝的。

我与南瓜的爱恨情仇

有一天，朋友从乡下带了一个老南瓜给我。

要怎么吃它才能既有新意又物尽其用呢？我跑到美食达人文怡的博客去搜关于南瓜的做法，有一道名为"南瓜羹"的甜品吸引了我。

这道甜品的图片让我惊艳。

熟悉我的人都知道，我做美食有两大原则，一是美貌，二是简单。美貌是吸引我的第一原则，再好吃的东西，如果图片看上去暗淡无光，我也就根本没有尝试的欲望了。好比颜值低的人，我才不想去探究他（她）的什么灵魂。对，我就是这么浅薄无知以貌取人。

文怡的南瓜羹符合我的两个基本原则。可是我虽然有一个现成的南瓜，却并没有现成的糯米粉。

文怡方子里糯米粉的量是"50克"，于是我跑到同城的好友群里喊：谁家里有糯米粉，给我一点好不好？

时过境迁，我现在有点忘了当时群里的亲们是怎么回复我的，后来我权衡了一下，去朋友家里拿和去超市买，我付出的时间成本是一样的。

23

所以最终，我为了这50克的量，买回了1000克的大包糯米粉。

食材全部到位后，我摩拳擦掌准备大干一场。小马看我架势摆得浩大，兴奋地问我做什么好吃的。我神神秘秘地卖关子：这个嘛，待会儿就知道了。

南瓜羹的做法非常简单，南瓜蒸熟后搅打成南瓜泥，将糯米粉用水瀣开，倒入南瓜泥中，加入糖，小火慢煮，一边煮一边搅拌，看情形差不多了淋入蜂蜜。

每个步骤我都严格按照方子，亦步亦趋，做出来的南瓜羹长相倒也不错，可味道嘛，似乎不那么乐观，总觉得有股怪味。

顿时有种不祥的预感。

果然不出我所料，小马边吃边皱眉作苦不堪言状，我知道惨啦，好吧，接下来我早、中、晚三餐都是它啦。

还没从这道南瓜羹的心理阴影中解脱出来，某天，伊明在朋友圈发了一组照片，其中一张是一群南瓜在排排坐。

亚芳在底下评论：南瓜还有多吗？给我一个。

我不由自主地手贱了一下：我也要。

于是乎，又一个南瓜来到了我的家里。

其实我知道，我手贱是有原因的，因为我心心念念惦记着我那只用了50克的糯米粉。南瓜羹我自然死也不会再做了，可我得把另外950克糯米粉用掉啊，作为一个勤俭节约的人，我是时刻谨记浪费可耻的。

去"下厨房"搜方子，看食谱，最终，我决定做南瓜饼。

做法貌似很简单，无非就是南瓜蒸熟，加糖搅拌，倒入糯米粉揉到不黏手，搓圆压成饼状即可。

可就是这句"倒入糯米粉揉到不黏手"，十个字，却几乎令我抓狂。

"下厨房"的美食达人，以后写食谱能详细点吗？最好写成"倒入糯米粉，不停地揉啊揉啊揉啊揉啊，直到揉成三光，即手光面光盆光。警告：手无缚鸡之力者慎揉"！

我不知道揉了多长时间，只记得此过程中我不停地添加糯米粉，因为在前十分钟里，不管我怎么揉，都是一摊黏糊糊的面糊疙瘩。

简直是揉得心灰意冷了，可又不能置这摊面糊于不顾，绝望中，想起了文友"过路的鱼"在学做面包揉面粉时写过的一首小诗：

我们初次相遇

只知道融合是一种境界

起初，彼此纠缠撕扯

肝肠寸断亦不知道该继续，还是放弃

义无反顾，拉撕摔打

一切在时间里，慢慢沉淀

愈来愈清晰，愈来愈坚韧

终于晶莹别透地变身

……

时至今日，我才算深刻体会到了她这首小诗的深意！

我暗暗发誓，我再也不要做南瓜饼了！

时间，就在我茫然地揉面团的过程中慢慢流逝。渐渐地，面糊变得有了一些质感，手指也不似先前那么黏了，又使劲揉啊揉，咦，手怎么变得光滑了，原来手指上黏着的面糊不知不觉融入了面团中……直到，我的双手变得油润细腻，仿佛刚刚涂了一层厚厚的护手霜……

之后的事，就不再赘述了。我原本不抱希望的南瓜饼竟然被我乱捏一气成形了，我用妹妹送我的空气炸锅现炸了两个品尝，这一尝，真真让我喜极而泣。

我竟然亲手做成了好吃到爆的南瓜饼！

会做菜算什么！会做饼才算是真的会做吃的好不好！

麻利地，我拍照片"P"美图传朋友圈，奔走相告，喜大普奔。

我把多余的南瓜饼放冰箱冷冻，装了满满一保鲜盒，成就感足足的，遗憾的只是锦衣夜行，怎么没人组团求吃呢？

逮着有人来家里玩儿，我就迅速变身为 TVB 里的角儿，脸上的表情是哀求的模样：你肚子饿不饿？我煎几个南瓜饼给你吃好不好？

人家微蹙起眉，说"肚子好饱"，然后看我失望的眼神，又勉为其难地答应品尝一下，还说"只吃一个"，我就雀跃地奔到厨房。

煎好南瓜饼，替她拿好筷子，我像看情人一样含情脉脉地盯着她，只见她轻启朱唇，试探地咬了一小口，我的问句就像离弦之箭迅速发射出去：好不好吃？

人家矜持地点了点头，根本没有我想象中的热血沸腾："哇，好好吃啊，你好厉害啊！"也太不会照顾我情绪了。

难道是我电视剧看多了？还是我逼人太甚？

也罢，爱谁谁！

写到这里，文章似乎该收尾了是吗？然而，并不是。

话说十一长假回娘家，我在我娘的厨房里又看到了排排坐的一堆南瓜。

这让我想起了家里还剩下的 450 克糯米粉！

我又想起了我揉面粉时发下的誓言，还有，我揉面团时的愁云惨淡。

我娘哪里知道我那时那刻内心的波涛汹涌、惆怅纠结，一个劲儿地说，这么多南瓜，你带几个回去吧！

当然，我是不能拒绝我娘的。我哼哧哼哧地又背回了两个南瓜。

于是，就在昨天，我收回了我之前发的誓言（誓言就是用来打破的嘛）。我又屁颠屁颠地做南瓜饼了。

这回的面团，依然揉得我愁肠百结。

而且，做着做着我就厌了，我想起了一叶做的南瓜小圆子，那么小、那么萌、那么晶莹剔透，要不，我也来搓几个？

结果，我就搓了一堆圆子不像圆子，汤团不像汤团，奇形怪状的丑东西，丑到连我自己都不忍直视。

小马显然被这堆丑八怪吓着了：这究竟是什么鬼？

我赶紧把他赶出厨房，把这堆丑八怪装进保鲜袋塞进冰柜的深层。

什么鬼？哼，除了我自己，谁也别想品尝它。

对了，这一次，我把糯米粉全部用完了，可是，我还有一个南瓜啊。所以，我和南瓜的故事，并没有结束。

丧心病狂的瘦子，最热衷的日常是吃吃吃

　　一开始我想的题目是《当我嘴巴馋的时候，我搞点什么吃吃？》，后来又想一个《吃东西比思考人生更有意义》，最后我决定来拉一下仇恨，作为一个瘦子，最幸福的事情不是买衣服根本不用考虑码数尺寸，而是吃什么东西都不用担心发胖，所以瘦子我最热衷的日常生活就是吃吃吃！

　　网络上充斥着很多"要么瘦，要么死"的帖子，让人看了像打了鸡血一般叫嚣着要减肥瘦身，而真相是，大多数真正的瘦子都不是靠减肥才瘦的，他们就是天然瘦，吃再多东西也胖不起来。

　　运动节食当然能够减肥，可那是一条不归路啊，一旦走上这条路，你就得做好持续作战的准备。不然，反弹起来会更可怕。

　　可是，为了吃到更多、更好吃的东西，还是得对自己下点狠招，该减肥的请继续减肥。

　　毕竟，瘦下来才能吃得更痛快。

　　废话少说，言归正传。

　　天气冷了，不知道大家是不是和我一样嘴巴特别馋？反正我就想一刻不停地吃东西！

　　说起泰国的美食，我们通常都会想到咖啡蟹、冬阴功汤、泰式河粉等，可是我印象最深的一道泰国美食却是油炸香蕉。

记得那是一个雨天,我们去森林里看大象,从旅游大巴上下来,潮湿阴冷让人感觉很不舒服。

路边上有一个小摊在卖油炸食品,我当然知道吃油炸食品不健康,可是它总能瞬间刺激我们的味蕾是不是?

那是我第一次吃油炸香蕉,表皮脆得一咬就化,香蕉绵软香甜,好吃得令人热泪盈眶。

后来我就经常烤香蕉吃,空气炸锅不放油,香蕉切段炸 15 分钟,满室甜香。

我虽然馋,可是又有点懒,想吃的时候只想马上就吃,如果大费周折,那就算了。

炸香蕉最好吃的当然是在外面裹上一层面粉,可是那工艺就复杂了是不是?后来我在微博看到一条,直接把香蕉卷在印度飞饼上烤,吃货的世界真是太有想象力了!我立刻活学活用,好吃到起飞。

某天我在网上看到一段美食视频,煎得发黄的糯米饼,在红糖水里熬煮,起锅的时候撒上桂花,这是成都的一道美食,叫"混糖粑"……我一边看一边吞口水,身为一个糯米控和甜食控,看这种东西实在是受罪……

当天中午,我就去菜场买了一块糖年糕,虽然它没有混糖粑那么糯,但好歹它也是糯米做的,我先用它来解解馋……

入空气炸锅 4 分钟,看上去不怎么样,好吃着呢。

深夜十一点,颜编在群里教我们做厚蛋烧,发了好多漂亮的图片,活生生就把我看饿了,我流着口水从温暖的被窝里爬出来去找吃的,翻翻冰箱里的库存,决定给自己烤几个汤圆吃。

倒一点点油让汤圆翻滚一下，入空气炸锅 4 分钟，开吃！

别看表面白乎乎的，里面可是沸热发烫的芝麻心，好吃得真想感谢生活！

有一天我想着双面炸一下会不会更好吃？多用了 2 分钟，结果芝麻馅都炸出来了，我灵机一动，哎呀，可以给"美食杀"写稿了（美食杀是我朋友的公众号，顾名思义，就是美食的天敌）。

所以，这么渣的画面我也有认真拍照留存。

每天晚上练瑜伽，每堂课都练得要死要活的。新开的普拉提课程，强度巨大，教练教我们的时候都是这样说的：你们还想不想瘦成闪电？你们还想不想要诱人的马甲线？

为了马甲线，我拼了！

课后回家，又累又饿。这个时候不搞点东西吃吃，怎么对得起努力付出的自己？

打个鸡蛋，馒头切片，放蛋液里滚滚，仍旧扔空气炸锅 5 分钟，表面酥脆，内里绵软，一个普通的白馒头都可以变得这么好吃，继续感谢生活啊！

有一次我还突发奇想，在馒头片上涂满了红腐乳，吃货就是这么丧心病狂的！

读到这儿，你看出来了吧，弄这些吃的，我图的就是方便快速，不下油锅不会烟熏火燎，"立等可吃"！

土豆是家里常备的，闲得无事时，就切巴切巴烤土豆，烤的时候我就胡乱加点孜然啊、胡椒粉啊、五香粉啊，随便加。

土豆这种东西，有点类似于"暗恋者"这种生物，你明知道有人在默默地爱着你，你却根本不拿它当回事，可是不管你烤它炒它、炖它甚至把它压成泥，它都会掏心掏肺地用好吃来回报你。

气温骤降，街头香喷喷的烤红薯，是最温暖的食物，那飘荡在空气里的香味，总能勾起我们美好的回忆，你有过和心爱的人一起买一个烤红薯，互相喂着吃的甜蜜经历吗？

有人说，灵魂在冬天总是会软弱一些，所以，我们需要吃一些烫的、甜的、辣的、重口味的东西来熨帖我们的五脏六腑。

人到中年，再也不吃街头的烤红薯了，还是自己动手烤吧，少的只是那么一点点氛围。

但氛围这种东西，心里有就是有了。

就像我们时不时要摆拍一下自己的生活，精致有仪式感，造型丰富，赏心悦目，感觉这样才是对生活的尊重和热爱。

但天天这样，那是打了鸡血好不好！

生活有多光鲜靓丽，背后就有多心酸辛苦。

那天看到一句话："不是只有好看的摆盘才能彰显对生活的热爱。粗糙地活着也并非是对生活的亵渎。"

生活有高潮，也有低谷。

情绪有兴奋，也有消沉。

兴奋的时候让我们做那个美好的自己，消沉的时候也允许自己懒惰颓废，颓到谷底了，自然地就会反弹。

说那么多，其实是为了给自己这些不那么漂亮的"美食"找一些华丽的托词。毕竟，我一直以来都是以貌取人的人，我在朋友圈发的美食，首先必须是要美貌。

写这一篇，好像是在打自己的脸。

爱谁谁！有时候，就想这么任性！

生活不易，美食不可辜负

喜欢吃，恰好身边又有吃货，是一件幸福的事。

吃货们常选择在午休时间约上小伙伴出去觅食，既不用向家里人请假，也不会因为常在外面混而落个不着家的"坏名声"，于是神不知鬼不觉地就把城里新开的各式美食坊给吃了个遍。每次老公说不想做饭，咱去外面吃，哪个地儿的东西比较好吃呢？我大显身手的时机就到了，掰起手指头一家一家推荐过去，如数家珍。老公特诧异地看着我，你怎么那么了解，好像你全去吃过似的？我赶紧警觉地闭上嘴巴，噘起嘴换上一副苦恼的表情，我哪有那么好的口福！我这都是听我办公室的吃货同事介绍的，每次他们说得唾沫横飞，可怜我默默在一旁咕噜咕噜吞口水。

说起我的同事A，称他是个资深吃货一点也不过分。我们办公室三口人，常在他的带领下四处觅食。中午休息时间虽短，但撮一顿的工夫恰恰好。这天，为热烈祝贺A同学又胖了一圈，我和另一个同事不由分说决定由他请我们美美地吃一顿。A倒也痛快，神秘地说今天带你们去一个好地方。一下班我们仨就迅速地冲进电梯，A开着车子在城里左冲右转，竟然向郊外驶去。莫非是请我们去吃农家土菜？非也非也，A连连摇头，车行了将近半小时，还不见前方有"很深的巷子"，看看手表，离下午上班仅有一小时不到了。我们饿得饥肠辘辘，车子终于在一个偏僻的乡村停下，面前是一家小得不能再小的农家小屋，门前也没有牌子，根本看不出是一家饭馆，不过屋前倒是停满了车。

那顿饭我们吃到了生平最好吃的"水煮牛肉"，等我们抚着圆鼓鼓的肚子出来，发现离上班时间只有一刻钟了。于是一场惊心动魄的"生死时速"上演，我们有惊无险地在上班前一分钟迈进了公司大门。原来，好的吃货还必须是个业余的赛车手。

闺密 B 的吃货精神更为了得，她的手机里存着不下二十条的美食团购短信。有一天我无聊得想杀人，就在 QQ 上呼她一起玩儿。她迅速地回我，你是想喝茶、喝咖啡、吃甜品还是吃饭？我手上有 ABC 茶馆，有 DEF 咖啡吧，有 GHI 美食城，有 JKL 甜品店的团购券……我听得一愣一愣的，莫非这就是传说中的土豪？

和 A、B 满世界寻找美食的吃货精神比起来，C 应该算是比较内敛的吃货。她的内敛体现在她并不狂热地出去觅食，而是很安静地在家，细心琢磨为家人烹调出各式美味。

夏天的时候我们去 C 家聚会，她笑盈盈地端出一份甜品给我们吃。丝丝的爽口，软软糯糯，透心凉的甜，味道似冰激凌，却又不像冰激凌吃罢有甜腻的感觉。大家都奇怪地问这究竟是什么？C 告诉我们这是柿子，是她去年秋天的时候，采买来好多新鲜柿子，放在冰箱的冷冻箱里冻着，特意放到夏天最酷暑难耐的时候才拿出来吃。小伙伴们听了都惊呆了，如果吃货也分水平，毫无疑问，她是吃货中的"博士后"。

对于吃货们来说，"吃不吃"早已不是问题，寻找吃的由头就更不是问题。昨天小 D 发表了她在某报的处女作，一群人就虎视眈眈地盯着她的稿费了，虽然稿费还没到手，但提前预支的快乐是加倍的快乐。晚上 10 点，已经躺在床上了，突然接到小 E 的电话说，起来起来，今天是个纪念日，必须出去消夜。我绞尽脑汁也想不起来这是个怎么特殊的纪念日，对我的健忘，小 E 深感痛心，她悲伤地说，去年今夜，我们闺密四人曾一起步行去吃淮南牛肉汤，那还是个雨夜。多么浪漫的一个夜晚，你想起来了吗？为了纪念这难忘的一夜，我们难道不应该出去吃一顿吗？

　　生活是一场苦旅，唯有美食和爱不可辜负，幸好身边有吃货，平凡的人生因为有了他们，而有了活色生香的温暖回味。

我不在菜市场，就在去菜市场的路上

喜欢逛菜市场甚于逛街，尤其是周末，逛菜市场就是一次优哉游哉的生活享受。

前一晚临睡，就已在心里盘算好了第二天要做的菜，菜谱自然比往日要丰盛些许，都是平时来不及做却已经在美食APP熟悉了又熟悉，心里也反复演练过好几回的，在孩子面前呢，也夸下了海口，摩拳擦掌等待了一周要上的大菜。要买的食材很多，脑子时不时会丢三落四，就煞有介事地扯个纸头，蘑菇、黄瓜、生姜、大蒜、牛肉、基围虾……一张纸条写得满满当当，字迹嘛，则是龙飞凤舞，和医生的字有得一拼，只有当事人才看得懂。

第二天起床，慢悠悠地洗漱干净，再挑选一套"买菜专用服"。一件宽宽松松的短袖衫，套一件宽宽松松的裤子，裤子的口袋要深一点，昨晚写好的小纸头可以塞在口袋里，蹲下来东挑西拣食材的时候呢，还可以把手机放在裤兜里，我买菜不习惯背包，最多也就拎一个环保袋。

早饭就不在家里吃了，难得一个周末才逛两次菜场，就留着让味蕾好好享受一下。菜场的早点品种丰富，又家常又好吃。韭菜饼、咸菜饼都是心头好，才一块钱一个；粢米饭包油条也是极好的，但我咽咽口水走开了，我中午是要做大餐的，早饭吃太饱午饭就吃不下了；还是到烧饼摊买一个刚出炉的干菜烧饼好了，再叫一碗辣油小馄饨，辣油是老板自己熬的，绯红油亮，辣是真辣，开胃是真开胃，多倒点醋，酸酸辣辣，吃得稀里哗啦，额头冒汗。

　　去逛的这个菜场是小区附近一个小小的露天菜市场，菜场虽小，却深受附近居民的青睐。菜场里经常有郊区的农民挑着他们自种的蔬菜和家养的鸡生的蛋来摆摊，蔬菜是农民起大早刚从田里摘的，叶子上还带着新鲜的露珠。鸡蛋很小很小一只，敲开来都是浑圆紧致黄灿灿的蛋黄。农民挑来的菜都是畅销货，去晚了是绝对买不到的。

　　都晓得我喜欢拍照，其实相比于拍花花草草，我更喜欢拍拍菜市场，挑着蔬菜的农民伯伯，杀鱼杀黄鳝的大爷，一边剥毛豆一边招呼顾客的胖大婶，还有五颜六色的蔬菜和水果。文友清浅说，真正的美学家在民间。你看那些蔬菜，红的番茄，绿的黄瓜，紫的茄子，白白胖胖的蘑菇，随意地摆放在一起，怎么看怎么赏心悦目。

　　有一次我真的带了厚重的单反，想借机拍一组菜市场即景。可最终还是没有胆量把这个大部头拿出来，我怕吓着了那些大爷大妈，拿着手机也是偷偷摸摸快速掐几张。就这样，也引起了他们的警惕，我用余光感觉到他们盯着我，我假装若无其事，镇定地不朝他们看。挑着土鸡蛋的大娘很好，她说，丫头你要拍鸡蛋吗？我赶紧点点头，充满了感恩，大娘帮我把装着鸡蛋的篓子挪了挪，有了大娘给我壮胆，这一篓鸡蛋我咔嚓咔嚓拍了好几张。

想买点牛腩炖着吃，称了一斤半让老板帮我切块。边上有个主妇问我牛腩怎么做，仿佛看到了几年前的我自己，也是在菜摊上讨教做法的一员。我很热情地和她说准备做番茄土豆炖牛腩，细细地把做法讲了一通，讲的过程中又来了一个主妇，可能是听了一半吧，看我讲得头头是道，估计是把我当大厨了，她说，哎呀，哎呀，我刚才没听到你讲，牛腩是要先焯水吗？

于是我又絮絮叨叨地重复了一遍，最后她们都说，她们也买点回去炖炖。卖牛腩的大叔眉开眼笑，估计他很喜欢我站在那里。

今天卖面条的大婶心情不错，因为她竟然问我要买几个人吃的面条。以前她不仅"拽拽"地爱理不理，还怼过我好几回。看她难得慈眉善目，我得寸进尺，我说大婶我可以拍照吗？她说你要拍什么？只要不拍我就行，我说我拍面条，她竟然抓了一把面条抖了抖，说面条要这样散开来，拍起来才好看。

最后我两只手都满了，拎着七八个装着菜的袋子，这些袋子把我的手都勒红了。慢悠悠走回家的路上，我总是会想起张爱玲写过的一篇文章，说小菜场上收了摊子，满地的鱼腥和蔬菜的皮与渣。一个小孩骑了自行车冲过来，卖弄本领，大叫一声，撒开了把手，摇摆着，轻巧地掠过。人生最可爱的当儿便在那一撒把手吧？

都说张爱玲的文字苍凉，可这一段话里读到的分明是活跃的俗世烟火的味道。人生真的充满了可爱，喧闹嘈杂的菜市场，也是人间热热闹闹的温暖所在。

网购时代，我还是喜欢逛逛小店

风轻云淡，忽然很想去逛逛小店。

新天地的古美时尚，体育场路的遇见，外环东路的叙旧，还有学士路的六月……以前每隔一段时间，就会想着去逛一逛，淘一淘。淘之乐，在于去芜存菁，不期而遇。

自迷恋上方便快捷的网购之后，逛街这件事已渐行渐远。不知道，那些曾经经过我大浪淘沙幸存在我固定购物点的小店铺，如今还在吗？起了兴致，欲望开始升腾，逛街去！

骑自行车到了市中心，新天地还是那么繁华，一间间的小铺子，琳琅满目，看得我眼花缭乱。惦记着三楼的那家老店，它就像是我心里住着的好久不见的老友，急欲一探究竟。乘电梯直达三楼，右拐，直行，几年不来了，我竟然还记得这么清楚。还是原来那个老板娘吗？还是海藻般的长发披散在腰间，美丽妖娆性感迷人吗？

不，不是了。店名没变，店主却换了。我微微有些失落，原来的老板呢？怎么不开了？我问店里正在 iPad 上刷剧的"妹纸"。她专职开网店去了呢。呵呵，生活真是奇妙。

既来之，则安之。我是念旧来了，却也是逛店淘衣来的。在店里四处逛巡，东摸摸西摸摸，一转身，看见一件淡蓝的连衣裙腼腆地藏身于某个架上，心怦然一动，就是它了。

但仍然不动声色。"妹纸"早放下了手中的 iPad，在我身后亦步亦趋。我兜兜转转，搂搂这个，抱抱那个，又漫不经心地叹了口气，哎！"妹纸"热情地拿起一件风衣，这件你试试，适合你。我略微嫌弃地盯着：这件？嗯，试试。我被她果断地推进了试衣间。穿着倒是还行，可我已对"淡蓝"那件情有独钟了呀。淡淡地摇头，不喜。

又兜了一圈，小店都被我兜了三四圈了！我终于又转到"淡蓝"跟前，随意地问，这件？"妹纸"略有深意地瞅了我一眼，说了一个价，我咂舌，这么贵？心下狐疑是不是我已被眼尖的"妹纸"看穿？便宜点啦，你看这衣服，线头那么多。我开始挑刺，"妹纸"麻利地拿来剪刀，三下五下就把那些线头剪了，我一时无语。可是不还上一二，终归有些别扭。我以前是这家店的常客啦——开始打 VIP 牌，可"妹纸"吃这一套吗？以前是以前，现在可是现在。"妹纸"笑了，松了松口，又说了一个价，姐姐，这是最低价了，再低我就亏本了。言辞诚恳，可我怎么看都觉得她像是吃定了我似的呢？

当然，我可以转身就走——行，既然你奇货可居，那就留着当你的镇店之宝呗！可是可是，我能和她赌气，却怎么能和自己的心思赌气呢。我分明是一眼相中了它，我怀揣着想拥有它的秘密，所有的寒暄、铺垫、装腔作势，都只是为了带它回家。这最后一步，我怎么就能退缩了呢？迎难而上，才是逛街之最大乐趣所在。

我狠狠心报出最后一个价，成，我拿走，不成，我走人，一副悲壮又决绝的模样。"妹纸"为难地看着我，声音低回，姐姐呀姐姐。我面不改色心跳加剧。好吧，就当我认你这个姐姐了，以后要多来光顾哦。

　　我心花怒放，却不喜形于色。付了钱拿过袋子就走，心里像怀揣了一只兔子。真怕"妹纸"叫住我，姐姐，这个价，我不卖了！

　　想起网购时，从选中一件衣服放购物车，到下单支付宝付款，整个流程不超过 10 分钟。固然很是行云流水，可哪有逛街讨价还价这种曲里拐弯的乐趣呢？

生活最好的状态是冷冷清清的风风火火

和相熟的发型师约好去剪刘海。

塞上耳机听着音乐，再随手抓个零钱包，就这样出门了。这样的夜晚，不想开车。虽然距发型屋有些远，可生活中能有多少个可以这样漫不经心边走边看这座城市的机会呢？

微风吹拂，空气温暖中又带点潮湿。春天是什么时候开始的呢？

春天应该是从墙头枝条上那一簇簇披挂的迎春花开始的，黄灿灿，明艳夺目，如璀璨的金星缀满枝头。它先于所有的花儿热烈地开放，在春寒料峭中带来盎然的春意，仿佛是春天的一声惊雷，宣告着春天醒了。

一年的花事就这样粉墨登场。先是漫山遍野的白梅，田野间宛如金黄色海洋的油菜花，河边柳垂金线，二月兰紫得安静又温婉，玉兰是公路两侧的行道树，树干挺拔，花瓣却高耸入云展向四方；接着，樱花铺天盖地席卷而来，人间四月芳菲尽，杏花开了梨花来，桃红李白如约而至，铺了满目……

而春天的夜晚，完全是另一番景致。

和白天的张扬相比，春天的夜晚是清冷的，是寂静的。道路两侧的树枝悄悄地酝酿着绿意，花儿在夜风中飘扬，呼吸之中有清甜的香味。

河滨公园的紫玉兰快要谢幕了，在朋友圈看到玉兰别名辛夷，"试问春风何处好，辛夷如雪柘冈西"，王安石诗中的辛夷写的就是玉兰，这让我对它多了一分喜欢。一直觉得玉兰是一种很干净的花儿，素净高雅，清冽婉约。可是各花入各眼，想起张爱玲对玉兰的描述："满树开着的玉兰花，又大又白，只觉得像污秽的白手帕，又像废白纸，抛在树上，被人遗忘了。大白花一年开到头，从没有像现在这样邋遢丧气的花。"想来，对自己不喜欢的事物，怎么都会有自己的道理吧？

马路边，突然听到一对小情侣在吵架，我静悄悄地从他们身边走过，猝不及防就听到男孩声嘶力竭地喊：我给你跪下了行不行？话音刚落就真的扑通一下跪倒在地，只见女孩也哭着低下了身子……

想起文友弦歌的文章《樱花树下的少年》，青涩的少年在樱花树下对她表白。爱情，总是在年轻的时候最为浓烈。经年之后，这个女孩，是否也还会记得玉兰树下曾经给她下跪的男子？

修剪完刘海出来，突然飘起了雨丝，我有些恼怒这突如其来的雨扰乱了我的行走路线。却又有了隐约的欣喜：樱花，应该是在雨中的时候最美吧！

依照设计好的路线，只为看一眼夜色中的樱花。想起一个我特别欣赏的女子曾说：赏花一则要选择清冷人少的时候看，二则最好是微雨的时候看，三则最好能做点什么，以免辜负。

天公不作美，雨越下越大了。舍不得刚洗好的头发，索性把丝巾披在头上。远远地看到有一辆公交车驶来，我小跑到停靠站，正好车门打开，顺势而上，管它目的地是哪儿呢，坐着公交车在这座城市旅行，似乎也不错。

上了车才发现，公交车上，除了司机，竟然只有我一位乘客。坐在最后一排位置，不合时宜地想起白天看到的一个小故事：

一个中年大叔不知怎么在骂司机，司机忍了一会儿说："我要是没在上班就揍你了。"大叔不甘示弱："有种下车打啊。"司机真的停车开了门，大叔怒气冲冲地下了车嚷："来啊！"却见司机啪地关上门开车走了。剩下大叔一个人站在马路上，很孤独的样子。

公交车咣当咣当地开着，晃晃悠悠，我想着这个故事，一个人咧着嘴傻傻地乐，喜欢故事中这个司机不动声色、不露痕迹中露出的那一点点帅，兴许那是隐藏在市井中的一位武林高人呢……

雨丝仿佛小了，还是不甘心，下车，决定绕个大圈继续去看夜樱。

雨中的夜樱，依然美得让人心悸。一阵清风，花瓣扑簌，伸出手去接，那么轻那么轻。

据说在日语里，樱花的寓意是"殉青春"。你看它一旦开放，就不留余地，恣意任性，铺张而来，又壮烈而去。

"你未看此花时，此花与汝心同归于寂；你来看此花时，则此花颜色一时明白起来，便知此花不在你的心外。"

樱花树下，静默呆立。这，真是一个柔软的夜晚。

无端地，想起了木心先生"生活最好的状态是冷冷清清的风风火火"，冷冷清清地保持个人的孤独，远离喧嚣；风风火火地保持对生活的热爱，充满热情。

手机叮叮当当不厌其烦地响了起来，"微信运动"上的朋友又毫不吝啬地来给我点赞了。有朋友奇怪地问我，你那么瘦弱怎么每天能走那么多路？我笑了，边走边看是一件多么美妙惬意的事啊。于我而言，走路意味着放松，也意味着放空。再说，谁说瘦骨伶仃的身躯里不会蕴藏着巨大的力量呢？

房子可以是旧的，生活却是新的

我妈打电话来，说要来我家住几天。放下电话，我又是欢喜又是担忧。欢喜的自然是，我妈一来，我中年主妇的身份立马切换成了衣来伸手饭来张口的公主；担忧的是，我妈好久没来家里了，若是她一进家门，发现家里的电视机不翼而飞，原来塞得满满当当的家现在变得空荡荡的，她会不会惊吓过度？

果不其然，我妈还没换下鞋子，就神色严峻地大叫起来，怎么回事怎么回事！电视机呢？电视机柜呢？

我小心翼翼地看着我妈的脸色，用极其平淡的口吻回答我妈，哦，反正咱家也没人看电视，放着也挺占地方的，我卖给收二手电器的人了。

我妈气急败坏，就差捶胸顿足了，那么好的一套沙发你们也能给整没了？败家啊败家啊！

不过，没几天，我妈坐在我重新添置的沙发上，品着茶，满眼欢喜地看着宽敞明亮的客厅，由衷地说，被你这么败家地一扔，家里确实舒服多了。

可不是嘛，原来那套围成一个圆圈的真皮沙发，像庞然大物一般占据了客厅的中心，崭新时光洁透亮的浅灰色皮质，终究经不起时光的摧残，而那些怎么也擦洗不去的污垢，更是让人眼中揉了沙。沙发正对面的电视机，除了逢年过节会打开迎合一下热闹的氛围，只怕连它自己也会心生哀怨，怎么就投胎到了这么一个不爱它的家庭。

终于忍到家里的高三党高考结束，第二天就大刀阔斧地动工。所有的墙全部刷上一遍，跑了十几趟楼梯把不需要甚至几年不用的小物件全部扔了，原先客厅的超大落地窗充分利用起来，厚重不透光的窗帘换成了透明的白纱，沙发只买了单个的三人沙发，另外配了一套懒人椅，躺着看书别提有多舒服了。地毯上准备扔几个蒲团，客人多了就席地而坐。原先放电视机的一面墙彻底清空，留下大片的空白区域，只放了一块瑜伽垫。

断断续续折腾了近一个月，旧宅换新颜。无论在外面有多么奔波忙碌疲惫，一回到家，身心顿时完全放松下来。家里的每一个角落都成了自己喜欢待的地方，可以一人品茗，可以两人对坐，甚至邀上二三好友也无妨，煮一壶咖啡，聊一聊八卦，家里这么舒服，泡咖啡馆的钱完全可以省下来买上好的咖啡豆。

最爱的是那大片的空白区域，透亮透亮的，可以光脚在地板上打滚。每天留一点时间给自己，安静地在瑜伽垫上拉伸呆坐，繁华红尘中，家中就有清净自由地。

某天看到微博红人夏小嫣发图文：我的"地板清洁癖"到了晚期，已经不可治愈，正在一步一步走向绝路，配图是一尘不染贼亮贼亮的地板。我一个没忍住哈哈哈乐了，真想和她隔空来个拥抱，简直太有共同语言了，每天趴着擦地也是我必不可少的功课呀，找不到一根头发丝是我对地板清洁度的终极执念。

总有人说，家里是让人放松的，生活已经够累够苦了，回到家只想瘫着。如果还要让自己这么辛苦，那生活还有什么乐趣？在我看来，恰恰相反。正因为生活太沉重和艰辛，所以才要让自己一生一半时间度过的小家更舒服、更干净一些，瘫在乌烟瘴气逼仄的空间里和瘫在一尘不染明亮的环境中，哪一个会更惬意呢？那些被自己慎重对待过的时光，才是完完全全属于自己的时光啊。

因为朋友圈的一条图文，马上有眼尖的朋友来问我要窗帘的购买链接。我惊讶她才刚搬了新家不久啊，朋友说是的，装修的时候鸡飞狗跳般忙碌，随便挑了款窗帘，现在才发现不是自己喜欢的，她要把不喜欢的东西全部换掉，让身边最后剩下的都是喜欢的东西。我忍不住想给她点赞。

房子那么贵，我知道我们也许再也换不起新房子了，可是没有关系，房子是旧的，只要愿意，仍然可以把旧房子折腾成自己喜欢的样子，生活仍然每天都是新的。

人到中年，方知何为清欢

早晨，拿着一张小纸条去买菜。

"虾450克，芹菜50克，麻辣花生70克，大葱一棵，花椒15克，火锅底料90克……"，这是我在"下厨房"APP里收藏的一道菜谱。

昨晚和小马一起散步，我问他，明天想吃什么呢？要不我给你做香辣干锅虾，或鱼头豆腐汤？

小马对我的厨艺还是持保留的态度，他不太信任地说，哎呀，这么复杂的菜，你能行吗？

回到家我就认认真真地抄下了菜谱。

之前也不是没有按图索骥过，可明明看了好几遍的菜谱，一到喧闹的菜市场，看着花花绿绿新鲜湿润的菜，脑袋就一片空白。结果，买回去的菜不是少了这样就是缺了那样，待做成成品，总感觉味道不过尔尔，过后我总结原因：应该是少了某某酱料呀。

从兜里掏出我的小纸条，又快速浏览了一遍，又意识到什么似的，我缩了缩身子，四下张望了下，看看有没有别人注意到我，有些羞涩，感觉自己在偷偷看情书似的……我不由自主地嘴角上扬了，心里似乎被什么打通了经脉，突然明亮起来。

想起早上刷牙的时候还对着镜子里脸色晦暗的自己叹息，这日子烦琐得让人疲倦，每天都得强打精神才能勉强支撑。庆幸的是自己还能保持对生活和自然的敏感，于是总有那么片刻，会有突如其来的神奇光束，点亮照耀了我贫瘠乏味的生活。

刷微博，刷出文友清浅刚写的一条："加班，很晚才到家。发现水果没了，又下楼买水果，这个点马路依旧熙熙攘攘。一抬头发现月亮，黄黄的挂在楼际，轮廓清晰，中间的阴影部分据说是山。短暂地驻足，看了又看，夜风微冷，想着中年还是有中年的好，所有的慰藉满足都非常低微，比如此刻，好像只为我一个人升起的月亮。"

真想隔着屏幕和她拥抱啊。这样的感受，也是我心里的。

好像再也没有什么能让中年的我们热血沸腾了，哪怕是看到朋友圈在晒陈奕迅的演唱会，我也只是在心里向往了一秒钟。你说，傍晚的时候，一个人在外面悠然地散步，戴着耳机听陈奕迅的歌，和去演唱会听，究竟又有多少分别呢？

下大雨的早晨，遮阳棚上叮咚叮咚，清脆悦耳。趴在窗台看从天空挂下来的雨水，可以发呆很久。还是决定去练瑜伽，踮起脚尖拎着裙角穿过一个一个的积水潭，鞋面被雨水打湿了，瑜伽老师温柔的声音挺安神的。下瑜伽课后我去湿漉漉的菜市场买菜，在门口看到久违的芝麻糯米圆子，老婆婆说，闺女你没买过我家的圆子吗？好吃呢，你吃一个试试吧。心里顿时温柔得像水流漫过。

雨天凉，午后不用开空调，睡一个浅浅的午觉。起来慢条斯理地准备晚饭，花两小时炖一锅排骨玉米汤，炖汤的时候，我搬了小板凳坐在厨房，读了几页书。傍晚去河边散步，风儿吹在身上已经凉丝丝了，夏天就快要过去了呀……夏花秋叶，生活其实还是一个缓慢而悠长的过程啊！

"清欢"是什么呢？林清玄说，当一个人感觉野菜的清香胜过山珍海味，或者看出路边的石头比钻石更有魅力，或者体会了静静品一壶茶比吃一顿喧闹的晚宴更能清洗心灵……他就懂得了"清欢"。

唔，不说了，我的香辣干锅虾要出炉了。此刻，简单地做好一道菜，这也是我，一个中年人的"清欢"。

所有虚度的时光，也是好时光

办公室有一个烧水的老式大水壶，烧满一水壶能灌两瓶半的热水，每天到办公室的第一件事，把包放在桌子上，就先拿着水壶去装水。净水器的出水孔很小，装满水壶起码需要 3 分钟。

3 分钟说长又短。如果就干巴巴地站等，不夸张地说，长得让人百爪挠心，谁会甘心浪费这 3 分钟呢？打开水龙头后，我快步走回办公室，放好包包，开好电脑，抹桌子，扫地……一边忙碌一边在心里估算，感觉差不多了，又一路小跑去把水壶拿回。好几次忙着忙着就把水壶忘了，直到传来哗哗哗的水流声，大叫一声"不好"，冲到水池边，晚了，水漫金山，悻悻地哀叹，3 分钟怎么又如此短暂呢？

某天，和往常一样放下包包就去装水，开好水龙头，却没有立即返回办公室，我反常地在水池边站了一会儿，水池对面就是窗台，走到窗台边，看着窗外。

窗外有一棵枇杷树，每年只有枇杷结果的时候我才会注意到它。枇杷树的两边竟然有两棵树形不算高大的白玉兰，白色的花瓣，迎风摇曳。嗯？是一开始就有玉兰树的吗？还是今年第一次开花？

公司搬到这独门独户的小院已经三年了，我似乎第一次看到玉兰树，第一次看到玉兰花开。

没有时间细想下去，因为水壶满了。

但那天之后，我有了一些变化，我不再在装水的时候去忙别的事了，也没有趁机刷手机。我决定好好虚度这3分钟——看看窗外，无所事事地发呆，哼一首歌，在走廊上伸伸懒腰，有几次我还饶有兴致，默默地在心里数数：1，2，3……渐渐地，我能控制好节奏，每次都数到180下，水壶里的水基本上能保持在装满的水平。

不知不觉，我迷上了这个自己和自己玩的3分钟小游戏。

恢复瑜伽之后，为了能更好地"统筹安排时间"，我把每天的瑜伽课安排在晚上6点。下班后直接开车去瑜伽馆，换好瑜伽服才只有五点半。课前的半小时，我当然是抓紧时间刷手机，直到教练提醒才依依不舍地放下手机。

瑜伽下课，马不停蹄地回家。扒拉几口饭放下，又忙着收拾家，处理突发的工作，每每洗漱完毕躺在床上已近10点，逼迫自己看一会儿书，临睡前仍需再拿起手机审阅一遍有没有错过的信息，这一天才能心安理得地结束。

周末，以为能好好地睡到自然醒了，生物钟仍然准时打卡。洗刷刷，把露台晒得满满当当，骑着自行车去菜场买菜，回来在厨房忙碌出三菜一汤。去露台侍弄花草蔬菜，婆婆纳疯长，让有密集恐惧症的我手足无措，却仍然被小小的蓝色花朵惊艳，下楼拿了相机一通狂拍，又是处理图片又是发朋友圈，午觉还没睡，又得准备晚餐了……孩子不在身边，却比孩子在身边的时候还要忙碌，人到中年，突然成了一只疯狂旋转的陀螺，"不知疲倦地翻越着每一个山丘"。

有一天，看歌手李健的访谈，李健说："我喜欢可控的生活，我喜欢隐藏在生活里，我喜欢当旁观者。如果天天都给你排特别满，像催命似的，那不是我喜欢的状态。"

什么时候起，我也生活得"像催命似的"，特别紧绷？自以为总是无缝衔接，不浪费每一分每一秒的时间奔跑。但做每件事情都带着无法言说的目的，瑜伽是为了保持身材企图对抗地心引力，写文章是为了发表，拍照是为了发朋友圈嘚瑟，欲望的钟摆始终高高地悬挂，明明疲惫焦灼，却暗示自己充实励志。

晚上走路的时候，经常能看到一些人在河边钓鱼，有时我会好奇地等着看一个结果。我等得望眼欲穿，他们却不急不躁，有的甚至还随身带一个小收音机，怡然自得地听着音乐。有一回我整整等了 10 分钟，期间忍不住看了好几回手机，他们就那么气定神闲地坐着，来来往往的人停了又走，丝毫影响不了他们。

他们的心，怎么能这么静呢？一定是长着一些定力吧！杨葵老师曾经在一文章中写，什么叫静呢？是清水中的小鱼。一泓清水里，小鱼一直在游动，画面是灵动的，却有特别静的感觉。我把自己的每一天都安排得"日理万机"，心，却是慌张的。

练过瑜伽的人都知道，瑜伽课的最后 10 分钟是用来休息的，用专业的术语表述叫"摊尸式"。这个体式就是像尸体一样摊着，身体保持静止，不再有任何运动。但是，每次到了这最后 10 分钟，总是会有人提前离场。这提前离场的人中，也时常包括我。

10 分钟，闭着眼睛躺着，什么也不能做，更不能刷手机。这是瑜伽练习中最简单却也是最难的一个体式，简单是因为它不需要任何技巧与力量，难是因为心静永远比身静更加难以掌握。太多的人愿意争分夺秒地利用一切碎片时间看手机，却不愿意给自己安静躺着的 10 分钟。

想起文友小妮写过的一篇文章，题目是《每天静坐半小时》。这半小时，屏蔽掉一切信息，不为外界所动，沉下来，才能听得到自己的呼吸。

午休时间，不再边吃饭边刷剧了。吃完饭，去楼下沿着办公楼走走，看看天空，看看云朵，看看树木和花草，不带手机，只带了身和心。

"如果你来访我，我不在，请和我门外的花坐一会儿，它们很温暖，我注视它们很多很多日子。它们开得不茂盛，想起来什么说什么，没有话说时，尽管长着碧叶。"看花的时候想起了汪老先生的文字，微笑。

3 分钟，自己和自己玩；10 分钟，心无旁骛地躺着；半小时，静坐，虚度时光的感觉，是那么轻松美妙。

平凡的生活，有不平凡的味道

朋友问我晚上有没有空，一起喝个茶。

和该朋友的交情"君子之交淡如水"，认识时间虽长，但几乎没有交集，只是偶尔，会在彼此的朋友圈点个赞，留个评论。

想了想，我问她，有事吗？有事我们可以在微信上说。

朋友颇为不悦，难道只有有事才能见你一面吗？

我有些尴尬，但仍然坚持，真的不好意思，我有点忙，很难抽出时间，你有事尽管在微信和我说，留言也可以。

朋友勃然大怒，拂袖而去。

对不起了，我的朋友，我的确很忙。但我不能告诉你，我不是在忙"实现一个亿的小目标"，而是每天忙着工作，忙着家务，忙着运动，忙着写文，忙着观剧，忙着看书……于我而言，我的时间，分分秒秒都很金贵。

中年以后，时间像是一头狂奔的野马。一晃，六分之一过去了；再一晃，二分之一过去了；再一愣神，一年就已经走到了尾声。身为女人，也是在人到中年，才真正认识到了时间的紧迫。这时候的女人，终于能够逐渐从孩子身边脱身，除了日常的工作和家务，终于有了时间开始做自己喜欢的事情。

曾经发过一条朋友圈：希望一天有32个小时。8小时交给工作，8小时交给睡眠，4小时交给家庭，4小时交给运动，最后8小时交给自己做自己爱做的事。

如果能多这8个小时，我会如获至宝啊。如痴如醉地看书，写读书笔记；如痴如醉地观剧，在剧中人的命运中沉沦；如痴如醉地学习摄影，在光影中感受这个美妙的世界；如痴如醉地敲打键盘，写下我对生活的所有感动；如痴如醉地投身于自己热爱的事业，每完成一个项目，犹如获得一次酣畅淋漓的新生……

可是，我并没有多出这8个小时啊，我只有拼命地挤，拼命地跑。如果你看到每天的我都是那么行色匆匆，你不要担忧也不要惊讶，我很好，我只是在和时间赛跑，再不奔跑，我就来不及了，来不及去感受这让我始终觉得新奇美好的世界，在飞驰的时间面前，我心急如焚。

开家长会，孩子同桌的母亲与我窃窃私语：孩子马上要去远方读大学了，你放得下心吗？他们走了我们空巢了，这日子会多么冷清，多么无趣，我的心都快空了……

我面露同样有些忧伤的表情，安慰着这个多愁善感的母亲。其实她不知道，我内心的喜悦都快憋不住了，天知道我盼这一天都盼了十八年了，终于可以把熊孩子放飞到我视线所不能及的广阔天地，从此，他有他的人生，我有我的自由，新的生活不才刚刚开始吗？

我的好朋友一叶，前几天在朋友圈晒一条毛线织成的床旗，从图案的设计到成品的完工，都是她自己亲手制作，从草图到实物，花了 10 天的时间。而在这 10 天里，她还画了好几幅手绘画，去南京拍了一次梅花，看了两部电影和一档诗词大会，读完《英国历史与英国文学》，做了一次美食并拍摄，还每天打理露台上的小花园，每天练习书法。对了，就在昨天，她还在微信里和我说，她的体重降到两位数了，而且已经有马甲线了……

这个有马甲线的，身材像年轻女孩一样傲人的女子，我们年龄相近，我们性格相仿，我们都不擅长人际关系，不喜欢在人多的地方交流应酬，在年轻人眼里我们就像年过半百的老人，我们不知道新开张半年的万达广场在哪里，不知道这个城市每天发生什么光怪陆离的故事。在我们"躲进小楼成一统"的小世界里，我们仍然觉得自己还很年轻，每一天，每一刻，都在寂静中奔跑生长。

去莫干山做一个采访，民宿的管家带我们去竹林挖笋。他教我们辨别哪些地底下藏着竹笋，他带我们找到一处泥土：你们看，这块泥，有微微的隆起、松动和开裂，用脚轻踩，有松软的感觉，这块泥下面肯定埋着笋。如果有耐心，我们可以等到明天早晨再来看。

第二天大早，起床第一件事我就跑到竹林。昨天管家指给我们看的地方，果真冒出了一个小小的笋尖，阳光下，笋尖上的水珠晶莹剔透，我看呆了。我仿佛看到了这株笋，在沉寂又墨黑的夜晚，一寸寸拱起潮湿的泥土，好像使着它一生所有的劲，努力生长。

是的，总有些事物在不知不觉中浅吟低唱，暗流涌动。

每一个简静的日子都是良辰

　　收到文友寄来选有她文字的新书《每一个简静的日子都是良辰》，打开书页，纸张特有的幽香扑面而来，清新的封面，雅致的绘画和摄影作品，随手翻到一页，读到一行文字："我在田里看水稻时，水稻也在看我，水稻会想，我要不要把秘密告诉这个人。"灵动的文字，一眼入心，感谢文友赠书于我，心里生起淡淡的欢喜。

　　下班回家，楼下几株绽放的红梅，在夕阳的余晖里格外动人，顿生"偷花"之心。"花开堪折直须折，莫待无花空折枝。"环顾四周，迅速采撷梅枝若干。回家找一个空酒瓶，插花，凹造型，拍照片，上传朋友圈，掀起涟漪朵朵。一友回：梅花只有在采回家时才觉得妙不可言。果真，越看越妙，是一份淡淡的欢喜。

　　许久未上邮箱，一日心有所念，登录，收信。删除成堆的垃圾邮件，突然眼前一亮，一封编辑来信静静地躺在其中：副刊恢复，盼稿！一颗心欢喜得犹如吃了甜蜜的食物，立刻从文档中挑选出近期最满意的一篇文章，发送成功。欢喜副刊的恢复，更欢喜编辑言简意赅的约稿信里默默的信任和鼓励。

　　种在露台花坛里的豌豆开花了，给母亲打电话，豌豆开花了，什么时候我能吃到豌豆呢？母亲说，在能吃到豌豆的时候自然就能吃到了。母亲，这算什么回答呀？可细细咀嚼，却似乎有滋有味。莫非母亲也读过《呼兰河传》吗？"黄瓜愿意开一个谎花，就开一个谎花。愿意结一个黄瓜，就结一个黄瓜。若都不愿意，就是一个黄瓜也不结，一朵花也不开，也没有人问它。"蹲在园子里看了半晌的豌豆花，清爽的白，雅致的紫，你也曾见过紫色的豌豆花吗？

看到一对漂亮的耳环，长草，想让远方的好友也和我一起环佩叮当。问她：你有耳洞吗？回：没有。憾。看到一个漂亮的杯子，直接买了两个，一个给自己，一个给好友寄去，不用问她有没有好茶。不日，友收到杯子，开心地回：我真喜欢！我也心生欢喜，为自己喜欢的恰好是喜欢的人喜欢的。

好久未见朋友，想念，相约一起散步。约了三次还未成行，不是我忙就是她忙。周末放弃懒觉，一起去一个新开的早餐店吃早餐。一笼烧卖，一笼大汤包，一人一碗牛肉粉丝汤，意犹未尽。索性一人再来一碗豆花，吃饱喝足去附近的公园细细赏梅，节目的最后两人又一起钻进了人声鼎沸的菜市场，出来时每人手里拎着满满一袋子，真是文艺与烟火交织，一次相见，一月余味。

闺密约我，说晚上她先生值班，不如去她家一起吃个简单的晚餐。遂赴约。盐水虾、辣椒炒肉、清炒菜苗、扇贝炖蛋。四个菜，一壶酒。清简，温馨，恰到好处。饭后，闺密煮一壶乌龙茶，一人抱一只靠枕，倚在软软的沙发上，谈天说地。聊得兴起时，闺密先生回，拎着一牛皮纸袋的糖炒栗子，闺密说她先生把她当作孩子，每次回家都带吃的给她，情人节礼物是他值班带回来的一个红薯，大笑。恍然间想起儿时父亲每次下班时，自行车龙头上总是挂着零食给他馋嘴的女儿，不管买回来的是什么，雀跃着接过来的那一刻，心里都是无限的欢喜。

朋友圈看到好友晒糖醋萝卜，并附赠做法，遂偷师学艺。买来白萝卜和红辣椒，白萝卜切成自己喜欢的形状，红辣椒切成碎段，盐腌萝卜至出水，再把水分沥干，把红辣椒倒入白萝卜，洒上白糖倒入白醋，密封一天一夜即可品尝。白的晶莹，红的鲜亮，酸脆爽口，好吃极了。又恰好读到杭州作家周华诚关于腌渍的文字："一夜渍，又叫浅渍，浅渍的名字好听，如果叫成短渍就意味甚远，它渍的其实是时间。"

"宜浅渍，宜低唱。"生活有无聊的琐碎，也有淡淡的喜悦，我喜欢每一天的欢喜都是这样淡然又寂静。

未知的生活，藏着无限种可能

车被人碰了，修了两天还没有完工，决定步行去上班。自然是要戴上耳机听歌的，最近喜欢单曲循环，阳光明媚，选一首柔情的歌吧。

小区门口的煎饼摊生意不错，有四五个人在等着摊煎饼。自从以车代步后，就很少在外面吃早餐。我有些后悔，后悔早上不该在家吃了稀饭和馒头，不然这个时候，也摊个煎饼，捧在手里，热乎乎的，边走边吃。或许路上会碰到熟人，可能牙齿缝里还塞着香菜叶，也会满脸堆笑互相打个招呼，然后自嘲下，不用担心窘态毕露，因为这就是烟火人生的常态。

路边的其他店铺大多没有开门，这让我有了尽情对镜顾影自怜的机会，不放过任何一块可以照得见人影的玻璃，自恋真的让人心情愉悦。

过马路，车水马龙，人来人往，每个人都步履匆匆。我戴着耳机，看得见周围的喧嚣，思想却游离在喧嚣之外。和夜晚独行的感觉完全不同，夜晚的独行是安静的，是寂寞的，是一个人在心里沉醉。而此刻，我仿佛成了这座城市的旅人，王菲的声音温柔地在我耳边呢喃："高架桥过去了，路口还有好多个，这旅途不曲折，一转眼就到了……"

前面是学校，有三三两两背着书包上学的孩子，紫叶李从高高的铁制栅栏上空探出来，和马路边的香樟树交相辉映，阳光穿透树叶洒落在孩子们身上，这一幕温馨美好，我忍不住回头，看了又看。

如果不是因为车子开去修了，被迫无奈地步行，我的眼睛能享受到这样的美吗？我的五脏六腑能呼吸到这么清爽怡人的空气吗？

前不久，公司搬离了市中心的商务大楼。

原公司的大楼底下有西餐厅、有咖啡馆、有自助火锅、有老北京炸酱面，还有银行；大楼右边是邮政局，我常常在上班得闲时，悠闲地晃悠过去取稿费；邮政局的食堂对外开放，供应早餐还有午餐；大楼斜对面是中国移动；大楼正对面有洗车行还有茶馆……冬天的早晨，推开办公室的门，阳光透过玻璃窗倾泻得满室生辉。最重要的是，因为离家近，中午我还可以回家睡个午觉。

而这一切的便利，都在公司搬迁之后宣告结束。

中午回不了家了，索性调整一下作息时间，晚上尽早休息，下午上班也不至于犯困。新办公室是独门独幢的小院，宽敞舒适，免除了挤电梯之苦。午休时，在小院里漫步，想象着刚种下的蔷薇会在明年五月变得如何旖旎和美妙，不禁嘴角上扬。和传达室的阿姨闲闲地唠嗑，看看餐盒里有什么好吃的。下雨天，就窝在办公室哪儿也不去，蜷缩在座椅里，挑一部电影，塞上耳机，时光变得温情又缓慢。

某天中午，同事说带我去看花。原来花鸟市场就在新公司的不远处，进入市场，如进入了一片花海。迷失在花丛中，欣喜若狂。回来的时候，每人手里都提了好几盆花花草草，还有萌萌的小多肉，办公桌刹那间绿意盈盈，仿佛把春天种在桌子上。

先前因为公司搬迁导致的满肚子郁闷一扫而空。

生活，不是非此即彼，不是非好即坏。而是，离开一种可能，也许还会获得第三种可能。努力地找寻这种可能，也许它会成为我们心中一束微光。

步行 50 分钟到公司，微汗。离上班时间尚早，打开电脑写文。别人的早晨还没有开始，我的早晨已经写好了一篇文章。

想起刚才走在路上，对镜自照时，风吹起我的长发，而我的脚步轻盈，忍不住对玻璃镜中的那个自己微笑。喜欢那个身体和内心都轻盈的自己（原谅我的自恋），那一刻，我感觉到了自由。自由地呼吸，自由地生活，自由地行走。

未知让人恐惧，但却又那么迷人。因为你永远不知道未知的生活中，将会有多少种新的可能。

生活，有时候需要一顶帽子

豆瓣上有一个"帽子控"小组，曾经发起过一个"我们都是帽子控"的线上活动，它的活动口号非常有趣：每个脑袋都需要一层外衣，不同的质地、不同的风格、不同的名字、不同的意义，给我你的鸭舌、你的贝雷、你的宽檐、你的棒球、你的毛线……

我也是一个不折不扣的帽子控，打开我的帽橱（因为帽子太多，不得不专门为帽子整理出一个橱柜），一顶顶可爱美丽的帽子堆叠在一起，风情万种。每一顶帽子的拥有，于我而言都是一个美丽的邂逅。邂逅一顶有缘的帽子，就像一场一见钟情的爱情。只能套用那一句：没有早一秒，没有晚一秒，时间无涯的荒野里，我们遇见了，便成了永恒。

对帽子的情深意长源于12岁那年的夏天，我妈带我去首都北京，并在京城给我买了一顶白色的网球帽，那是我第一次拥有如此时髦的装扮。我对这顶网球帽自然爱得帽不离头，哪怕是坐火车返回我们那个小城的归途上，我也依恋地戴着它，并把头伸到窗外企图追求风的呼唤。然而就在那一刻，伴随着我的一声尖叫，我心爱的帽子就这么随风飘进异乡。我默默地流了几颗眼泪，那是年少的我第一次品尝到，失去心头之爱的忧伤和淡淡惆怅。

自此，帽子与我有了解不开的缘分。虽然买来的大部分帽子，戴的机会并不是很多，有些甚至买来之后一直没有机会出镜。但即便如此，看到心仪的帽子，还是忍不住有将它收入囊中的冲动。曾经有过几次一犹豫就与喜欢的帽子擦肩而过的经历，一旦错过，难再相逢，那种痛失所"爱"的滋味让我百爪挠心。为了避免悲剧的再次发生，我见"帽"就收，不知不觉，搜罗的帽子越来越多，现在每个季节，我都可以随便挑选出好几顶不同类型的帽子来作为装饰和点缀。身未动，心可远，有帽在橱，那种随时可以戴上帽子出发远行的感觉非常美妙。

其实帽子作为装饰品，就像衣服作为时装一样，已经超越了它的基本功能。再普通的一身装扮，如果配上一顶合适的帽子，仍然会让人眼前一亮。当然，戴帽子也和穿衣服一样，要分场合。上班时间我从不戴帽子，因为那显得太随意又不庄重。而什么样的季节戴什么样的帽子也很有讲究。夏季阳光热烈，可以戴一顶宽檐的遮阳帽；冬天北风萧瑟，绒线帽既保暖又可爱；春秋季节适合的帽子品种最多，棉麻的、皮质的、薄呢的、鸭舌的、平底的、贝雷的……那真是戴帽子的绝好时机，可尽情地与帽子亲密接触。

戴帽子不仅可以修饰脸型，而且可以掩盖自身的很多缺陷。我妈就非常看不惯我光秃秃不留一丝刘海的额头，几次想要揪我去理发店剪个齐刘海，吓得我每次回老家见母上大人的时候，都会郑重地选一顶帽子，我那挑剔的老妈才会满意地点点头表示赞许："嗯，这还差不多。"

周末宅在家里，蓬头垢面不施粉黛，突然接到小伙伴的邀约电话。怎么办？洗头发显然是来不及了。别愁，戴个帽子吧，相信戴上帽子的你，一定会让小伙伴们眼前一亮。

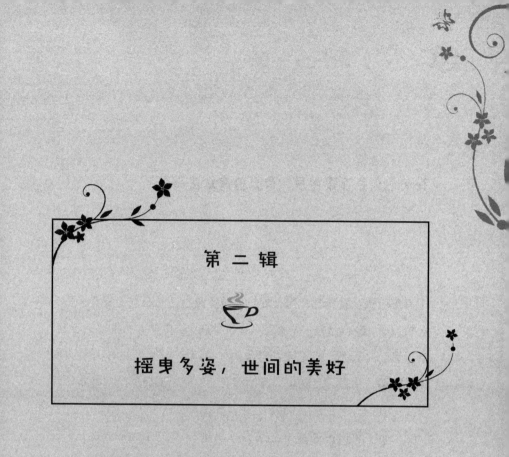

第 二 辑

摇曳多姿，世间的美好

最美的景色在眼睛里，最好的旅途在心里

　　Sandy，武汉姑娘，自由摄影人。外表清新柔弱，却是 IT 女。不喜逛街聚会，死宅。休息时间只爱待在自己的小窝，放着音乐，收拾屋子，给自己做好吃的，然后各种摆拍，拍累了就坐下来看书，动手做手工饰品。日子安静得像水一样静静流淌，Sandy 却觉得安宁又丰盈，觉得自己就像门前的那棵树，每天都会长出一片新叶。

　　Sandy 和摄影的缘分，来自一场旅行。彼时 Sandy 处于人生中的低谷，消极迷茫，觉得天空是灰暗的，生活是没有意义的。闺密不由分说拉着她，来了一场说走就走的旅行。旅行中，闺密不停地逗她开心，用微单给她拍了许多美美的照片。而对摄影一无所知的她，举着手机给闺密拍照，拍出来的照片却惨不忍睹。旅行回来后，闺密把自己的微单给了 Sandy，握着微单，Sandy 在摄影的过程中不知不觉地找到了生活的乐趣，心里的阴霾也一天天散去。

　　摄影是神奇的，可以说，它改变了 Sandy 的生活。摄影让安静内向的她变得乐于亲近自然，Sandy 会每天去细心观察与感受生活中的点滴，并用相机记录。Sandy 的照片文艺唯美，清新养眼。

有人爱，也有人妒。有人说 Sandy 的生活太讲究，有人说她太小资，更有人说她太作。Sandy 并不在意，微微笑：当你真正爱上摄影，你会不由自主地发现自己变了，生活态度积极乐观了，内心的世界也变得宽广。以前在意纠结的事情如今回头再看，全都不值一提。

Sandy 拍生活中的小日常，花草树木，天空云朵。

照片就是她的日记，她在朋友圈贴照片，有时会配上这样的文字："我喜欢随意地记录，在流动的时间里，用相机这种工具，撷取一个个静止的瞬间。"

阳光下的一双拖鞋，透过百叶窗的斑驳光影，每周一束的鲜花，一顿清爽简单的早餐，都能成为 Sandy 眼中美妙的景致。果然，生活中并不是缺少美，而是少了发现美的眼睛。在 Sandy 的镜头下，细碎的生活也五彩斑斓熠熠发光。我常常看她的照片并惊叹，为什么有些人的朋友圈你出于礼貌没有屏蔽，但眼睛却会自动屏蔽；而有些人的朋友圈，你不仅一条不想错过，还会时不时地点进去反复欣赏。

Sandy 拍美食。

拍美食是缘于一款美食 APP，看到生活中那么多人将食物摆得文艺精致，耐心、享受地在做这样一件事，觉得有一种说不出的感动。美食摄影虽然会被很多人不解甚至不屑，Sandy 却不以为然。对于她来说，享受的是拍摄的过程及随之而来的那份惊喜。不同人眼里的世界是不一样的，食物是有灵性的，它值得我们用心地去对待。在拍摄的过程中，感知到了食物的灵魂，对生活也会产生一种虔诚。

在食色的"水果摄影比赛"中，Sandy 的水果摄影作品获得一等奖，后来参加了食色的其他活动，又相继获奖。获奖多了，引来了许多粉丝的追捧。低调散淡的 Sandy 悄悄地离开了食色，到另一款做图 APP 默默发图，但谁能阻挡优秀作品闪闪发光呢？不久，Sandy 的作品屡次被荐首页，粉丝也突破了 3 万。

Sandy 拍自己。

和所有女人一样，Sandy 也喜欢留下自己的倩影。在 Sandy 的照片中，有很多都是她自己出镜，手握勺子在吃甜品的手部特写，靠在阳台上远眺的背影，飘雪的季节里抬起头凝视雪花的柔情，逆光中长发飘扬令人心醉的侧影，还有手捧相机自信又帅气的正面高清全身照……每一张照片除了用"美好"来形容，已是无言。

这些照片全部出自 Sandy 之手。从她入手单反的第一天起，Sandy 就开始练习自拍，先是对镜自拍，等到技艺渐长，就架起三脚架用遥控器自拍。有人说，喜欢自拍的人，通常都很自恋，可是为什么就不是"自爱"呢？想象一下，在一个洒满阳光的午后，一个可爱的小女人，怀着雀跃的心情，换上喜欢的衣裳，面对镜头释放和宣泄自己的情绪，如果不是因为热爱自己、热爱生活且内心丰富安宁，怎么可能有这样的闲情逸致呢？

Sandy 也爱拍父母。

微博上曾经看到这样一个话题：你手机里有父母的照片吗？评论里除了内疚就是汗颜。也许我们的手机里每天都会有自拍，而父母的照片却真的很难找出几张。Sandy 的愿望是每年都用相机记录下父母的容颜，这个愿望，一年一年地实现着，并将继续。

　　Sandy 最爱的麻豆是妈妈。虽然妈妈老了，总是对 Sandy 说，你不要拍妈妈的脸，就拍妈妈的手吧。

　　妈妈喜欢杧果，于是有了许多妈妈和杧果在一起的照片。

　　有一次给妈妈拍照，妈妈穿了家居服，裤子是蓝花棉绸的。

　　Sandy 让妈妈去换条裤子，妈妈说，你不要嫌弃这条裤子，说不定很上镜呢。

　　当 Sandy 最后把拍好的照片导入电脑，自己都看呆了。

　　Sandy 说妈妈其实是懂摄影的真谛的，因为妈妈懂生活的真谛。

　　给妈妈拍的这组照片，是她所有摄影作品中，最满意、最珍贵的一组。

　　说起未来，Sandy 很是畅想了一番。她最羡慕的人是猫力，还有孔维与诗苑。因为职业限制，她不能像她们一样随心所欲地去旅行，但她的内心时刻都在旅行。一个人能发现自己喜欢和擅长的事情，是可贵的。是它们，让我们从琐事中挣脱出来，与生活平静地交手，不那么仓皇无措。

爱上了摄影，就会爱上边走边拍

　　群里有人又在召集晚上的爬山活动："小伙伴们，今天天气清透，云层漂亮，晚上爬山拍夜景，报名开始。"

　　我揉了揉黑眼圈严重的眼睛，打了一个大大的哈欠，有气无力地在群里回复："跟你们这群创作狂待在一起，真是没法混了。才凌晨4点起床去拍的日出，体力还没有恢复过来呢，怎么又想着要爬山拍夜景，还让不让人活啦？"

　　群主出来发话："这叫趁热打铁，有创作热情不难，难的是始终保持热情。带上装备，晚上仁皇山脚西大门集合，不见不散。好吧，打起精神，爬山登高摄影去！"

　　这个夏天，摄影热情和百年不遇的天气一样持续高温。从来没有像今年夏天这般频繁地抬头仰望天空，那湛蓝的碧空如洗，白色柔软的云朵慢悠悠地在空中飘荡，我每天都乐此不疲贪婪地欣赏，时不时用相机或手机捕捉那美丽动人的瞬间，照片发到朋友圈，还不忘煽情地感慨一下："记忆中去年夏天的云朵没有这般白，天空没有这般蓝，那是因为去年我还没有爱上摄影，还没有爱上边走边拍吗？"

　　晚饭后，一家三口去散步。行到十字路口，深受我影响的小马同学突然大叫："老妈快拍，你看前面的云彩多么漂亮！"赶紧驻足，拿出手机，找一个绝佳的角度，咔嚓咔嚓了好几张，满意地离开，回头张望，不禁哑然失笑。路口的一群人都止步拿着手机，对着天空。

朋友聚餐结束，不知谁突然提议，我们一起去看萤火虫吧。一句话勾起我们遥远的童年回忆，雷厉风行的一群人立刻行动起来，说走就走。在郊外的墓地边上，我们果真邂逅了忽明忽灭的萤火虫，小心翼翼地把萤火虫捉进瓶子。

萤火虫之约让大家意犹未尽，决定带上摄影器材再次寻找。然而那场景并没有想象中那般美好，公墓的门口漆黑一片，夏日的风燠热难耐。我们背着相机，扛着三脚架，汗如雨下。为了不打扰萤火虫们悠然自得地翩翩起舞，我们凝神屏息，不敢说话，只敢用手势来互打哑谜。就这样蹲守了两三个小时，腿上被蚊虫叮咬的包多得数不过来。那一刻，突然觉得自己很勇敢——人到中年，竟然还会有不怕吃苦追求美好艺术的勇气和冲动。

想起凌晨4点我们在太湖边等候日出，等待的过程虽然漫长，但当日出破湖而出的那一刻，心里有像少年般大声歌唱的冲动，这美妙的感受让等待中的所有折磨都瞬间消散；想起我们连晚饭都不吃，去郊区的小村庄拍摄落日，落日缓缓从山顶落下，那惊心动魄的瑰丽让我们无法呼吸，只能赞叹大自然是如此多姿美妙，疲惫和饥饿早抛到了九霄云外。

这个夏天，很热很热。同样很热的，还有我和摄影的热恋。摄影让我随时随地用善感的心灵去捕捉生活中平常的、细微的美好，它让我觉得，生活着是一件快乐的事。而快乐又是有力量的，它帮我抵抗着高温的炙烤，抵抗着生活中那些未知的暗流，让我觉得，没有什么能够打垮我。

让高温来得更猛烈些吧，让我背着我的相机，在大汗淋漓中，用一颗炽热的心，去体会自然的敏感和美好。

一个人可以清风明月，也可以波澜壮阔

入冬后，每天开车送孩子上学。

学校离家很远，顺利的话一个来回就要一小时。之前感觉这段路是那么漫长，从城市的西部一直到东部的郊区，穿越整个城市的繁华地带，像是一场清晨的长途跋涉。

渐渐地，就爱上了这样的一段时光。

尤其是孩子下车后，我把先前开得低低的音乐声开得大一些，车内的温度适宜，像是被层层温暖包裹，汽车行驶在路面空旷的城郊，如果关掉音乐，能听到车轮碾过马路的沙沙声。路上车迹稀少，整个身心逐渐融化其中，音乐时而舒缓时而激越，这一刻没有烦恼、没有工作、没有家务、没有人际关系、没有刻意的克制……只有天与地在我面前狂奔，那种静寂和孤独可以彻底感受到内心的声音和诉说，这种感觉，非常奇妙，让我沉醉。如果可以，我愿意一直这样开下去，漫无边际，哪怕一个人开到天边。

意识是飘浮的，车行的轨迹却还是明确无误地去往家的方向，直到车子停在家门口，拉起手刹的那一瞬间，脑袋仿佛迅速被注入了一支清醒剂，一下子从幻想跌回到人间。一分钟后我已经拎起车上的购物袋雷厉风行地去附近的菜市场买菜了。

有一个朋友，每个周末的早晨都要去买一份报纸，然后带着这份报纸去咖啡馆喝一杯早咖啡。有时看到她在朋友圈发图，一杯咖啡，一沓报纸，我们就在下面心照不宣地跟帖：啧啧啧。心里却颇有些不以为然：你说难得好好的一个可以睡到自然醒的周末，她偏要起个大早跑到咖啡馆装文艺，这是何苦呢？

　　直到有一天我放弃睡懒觉被她引诱到咖啡馆，点了一份早餐，有一搭没一搭地和她闲聊几句，翻着她买的报纸，看咖啡馆里那些清晨的食客，还有跑来跑去的员工，若有所思地揣摩起他们的故事。周围的人轻声细语，咖啡的香气氤氲，食物的热气浮在半空，空调的暖意恰到好处。朋友叫来服务员，又续了一杯咖啡，继续低头专注地看报。

　　不由得想起曾经在网上看到的一个词叫作"灵魂发散地"——只要在这样的地方坐一小会儿，让灵魂发散一下，会比睡上几小时更有效。那一刻，我自自然然地就理解了朋友，理解了她每一个这样独处的早晨。于她而言，这样的一段独处时光，不仅因为生活需要仪式，也是因为生活需要片刻安宁和柔软，让我们放下用来抵御种种磨难的盔甲。也许，唯有浸润了这份宁静，才会积蓄起力量去生活的洪流中冲锋陷阵。

　　一直追看一个杂志女编辑的博客，她是一个把独处时光发挥到极致的女人。她会一个人去看早场电影，一个人去逛自己所在城市的大街小巷，一个人在雨天去江边散步，一个人去喝一杯手冲咖啡，因为一张园林版《牡丹亭》的海报，她会千里迢迢独自一人奔赴一场演出。"亭台水榭，暮色四合，杜丽娘在园中公主靠上小憩，整个画面是暗蓝色，几乎能闻见香气，听见微微风声……"这样的描写让人向往不已。

我的另一个女朋友最近刚装修了房子，新房有一个阁楼。她就非常奢侈地给自己设计了许多独处的房间。有扔着蒲团，可以盘腿坐着喝茶，装修得具有古典意味的闺房；有可以正襟危坐，挥笔泼墨的书画间；还有她专门用来拍照的、设计成工业复古风的阳光房。

有时周末我们小聚约她出来喝茶，她总是婉拒。是啊，还有什么比一个人待在自己设计的小空间里更舒服的？也许前一秒在楼下她还是一个勤快的主妇、温柔的妈妈、贤淑的妻子，下一秒独坐在阁楼，她就完完全全成了她自己。有时候，我们多么需要这样的一种身份切换。陶立夏在她的书中说："专心致志与自己相处，不比拥抱整个宇宙来得轻易。"比起外界的精彩，我想我的朋友更偏爱让自己的灵魂获得饱满。

最近喜欢上了运动。朋友建议我跟随他们一起"驴"行，我以"身体不适"为由拒绝了。对有些人而言，一个人会没有安全感，而对于另一些人而言，越是在人群中，却越觉得手足无措。我想我属于后一种，我只喜欢不需要成群结队就可以完成的运动，一个人走路，一个人跑步，一个人练瑜伽，甚至一个人旅行。一个人可以清风明月，一个人也可以波澜壮阔。我们已经待在一个噪音太多、信息太多、人群太多的地方了，相比热闹，独处尤为可贵。

知乎上有这样一个问答：为什么有些人开车到家后会独自坐在车中发呆？

有两个回答特别有意思。

一个人说，因为那是每个人独有的B612星球。

还有一个人回答：很多时候我不想下车，因为那是一个分界点。推开车门你就是柴米油盐，是父亲，是儿子，是老公，唯独不是你自己。一个人在车上想静静，抽支烟，这个身体属于自己。

这两个回答，一下子击中了我的心。我想，它也一定击中了和我一样，被生活的洪水猛兽裹挟着往前走，疲惫却依然身不由己的每一个活在尘世中的普通人。

把时间浪费在美好的事情上

　　早起，看到阳台上三个月前种下的黄麻子（学名酢浆草）开花了，一朵朵素雅的小黄花，迎着阳光晨风，微微颤动，我伫立良久，在心里轻叹：真美！

　　喜欢花，应该是女人的一种天性吧，可是对于花花草草，一直以来我喜欢的仿佛只是它们的娇艳美丽、清纯动人，却从不曾有耐心去亲手种植侍弄它们，说到底，这样的喜欢也不过叶公好龙而已。认识一个爱花成痴的文友若狂，她把她家的阳台打造成了一个"花间小筑"，让文友们羡慕不已。羡慕归羡慕，我很清楚若狂做这个"花间小筑"所付出的努力和精力。每每看到我家光秃秃的阳台，我都会摇摇头对自己说，你不懂花，你做不到的，你无法拥有和若狂一样的空中花园！很多时候，我们都需要用"自己不行"这样的话来宽慰和麻痹自己。

　　去成都旅行的时候，若狂给我们带了好几包花花草草的种子，每一类种子都用一个小袋子装着，外面细心地贴着小标签，写着"黄麻子""牵牛花""佛珠"……原来真正的热爱，就是这样深入骨髓：不光自己热爱，还会发自内心地要把自己的热爱分享给朋友。旅行回家后，在若狂的遥控指挥下，选盆、揽土，把黄麻子的种子埋在了土里，然后，一天天去观察它有没有长出嫩芽，不几天黄麻子发芽了，抽枝了，我蹲在地上看它三叶草般的叶子上，有密密麻麻的小黑点，像极了脸上的一粒粒麻子，难怪俗名叫"黄麻子"，禁不住哑然失笑。阳光下，我就这样被自己的微笑和耐心打动，细细地研究一片叶，欣赏一朵花，时间缓慢得暂时停滞不动，只有微风和阳光。突然觉得这样的时光很美，这样的感受让人内心慢慢柔软。那一刻，我对自己说，试着种种花花草草吧，就从黄麻子开始。

有一天去逛书店，看到一本书《会烘焙的女人，走到哪里都有爱》，随手翻开几页，读到这么一段话："当你准备好材料，揉好面，剩下的，就只能是交给时间。一块好的面包，吃到的，其实就是时间的味道。因为蕴藏在其中的时间的味道，你和我，都能够在唇齿之间，感受到。"就这么一段话，我那颗一直想要尝试烘焙的心又开始蠢蠢欲动了。因此，当我收到朋友送给我的烤箱时，我真的笑得花枝乱颤：莫非这就是天意？

晚上散步的时候，时常会路过一家花店。店铺的主人也是一个女子，眉目轻淡温柔。这个花店仿佛有一股魔力，吸引着我隔三岔五就会拐进去，哪怕就停留一会儿，看看有没有新到的"肉肉"，看看前几天看到的那个花骨朵开了没。每次去看花儿，女主人总是忙碌着，插一盆好看的花，或者修剪枯枝和黄叶，有时就捧着一本书，看到有客人来，言笑晏晏。有一天我去看花，她正专注地趴在桌子上用笔画着什么，走近一看，原来是在裁剪一块旧的格子棉布，准备做一个零钱袋呢。那天我就坐在她身边，看她设计，看她穿起长长的棉线，一针一针地缝制，慢慢地，这一块块零碎的破布头在她手里变成了一件曼妙的手工艺制品，顿时赞叹并心动不已。

有的人把时间花在夜夜迷醉的应酬上，有的人把时间花在永无满足的赚钱上，也有的人把时间花在一集又一集的肥皂剧上，这些都是每个人自己选择的生活方式。而我，喜欢把时间浪费在美好的事情上。种一株花，做一个面包，缝一个布艺的小包，读一本书，写一篇文字，这些和自己安静独处的方式，固然不是生存的必需，却是生活的必须，它们融于生活，又能退到生活之外。只要想到有这些美好的事情存在，生命中再多灰暗的时刻，似乎都能够咬紧牙关微笑挺过。

看到好友的一条微信："人到中年，想做些更多忠实于内心的事，比如书法，比如绘画，比如学学古琴。既已温饱，就不想在物质上有更多的追求，只想更多地喂养精神。"喂养精神，嗯，真好，只有把精神喂养得饱饱的，生活才会真正从物质上和心灵深处丰盈起来，毫不犹豫地给她点赞。

打扮自己，是女人终生的修行

　　前一段时间，我陷入了艰难的人生抉择中：我想把我留了五年，已到腰际的长直发给烫卷了。

　　原因是某天，我在微博看到我喜欢的人发了一张照片，照片中的她微闭双眼，仰望天空，一头长长的大鬈发垂到腰际。

　　我立刻心动不能自已。

　　虽然之前，我也常常有过这样那样的心动，可都没有这次的心动来得那么强烈。毕竟，一直以来，有一头海藻般长及腰际的大鬈发就是我的梦想。甚至可以说，我如今留着这么长的直头发，都是为着这个梦想而准备的。

　　然而，我所有的闺密都给我的蠢蠢欲动泼了冰水。

　　她们振振有词："你现在一头长长的直发不知道羡煞多少人呢！又何必要去瞎折腾，把时间浪费在这些毫无意义的折腾上。适合自己的才是最好的，改变发型，也要考虑是不是适合自己的气质。"

　　一箩筐的反对让我成了泄了气的皮球。但内心那不死的欲望，依然像个钟摆一样，在卷与不卷之间，左右摇摆。

　　凭什么她们就认为我鬈发不好看？说不定鬈发的我会更蹁跹

袅娜、优雅美丽？总而言之，言而总之，因为没试过，我对鬈发的自己充满了向往；也正因为没试过，才担心鬈发的自己会让自己后悔。

我和闺密亚芳，一直在积极又秘密地做一件很自恋的事情。

每天早上出门前，我们都会对镜来一个每日一拍，把自己当天的穿着搭配拍下来，然后发给对方，两人互评。

因为要拍照，还因为要发给对方看，每天穿什么这件事就变得异乎寻常地重要。晚上临睡前，我都会认真筹划好第二天的搭配，甚至想好这样的搭配应该梳一个什么样的发型。

一段时间下来，我们乐此不疲。亚芳说，每天都很期待明天，因为每一天的自己都是新的，都很美。

做这件事情的起因很偶然，有一回我们聊天，说起穿衣服这件事。我说我每天都要换衣服，工作日五天肯定会有五套不一样的搭配，亚芳觉得不可思议，你不嫌麻烦吗？

我反问她，你会嫌自己干净清爽，亮眼好看吗？

每天穿什么，这估计是女人都有的烦恼，那句"永远都少一件衣服"的名言适用于我们所有女人。站在衣柜前，分明眼前有一排的衣服，可就是缺了最想穿的那一件。夏天倒还简单，T恤牛仔随便一搭就很精神。到了春秋，偶尔就会偷懒，一件衣服穿两天。而到了冬天，简直就是懒癌患者的节庆，我见过周围许多人，就是一件毛衣一款大衣，就可以理直气壮穿上一整个星期。

可是，那样粗糙地对待自己，并不仅仅只是委屈了自己。面对镜子里那个不事装扮、灰头土脸的人，又会有什么热情去对待一天的工作和生活?

　　而仅仅只要多花 10 分钟,多用一点点的小心思去搭配和装扮自己,哪怕出门就是滂沱大雨,心底里也会有一个角落兀自开花。

　　记得我和文友弦歌初识,先是惊艳她的文采,后来去博客找她的照片,又恰到好处合了我的眼缘。之后我们慢慢熟悉,我说我只喜欢和长得好看的人做朋友,弦歌激动地说她也是,真是高山流水遇知音呀。

　　"长得好看",当然不是指一个人的五官,而是他给人一种"舒服"的感觉。一个让人舒服的人,肯定是重视自己外表的人。而一个重视自己外表的人,也一定会是个重视自己内心的人。相由心生,一个人的内心,终究会通过长长久久的日子,通通印在眼角眉梢。

　　村上春树说,肉体是每个人的神殿,不管里面供奉着的是什么,都应该好好保持它的强韧、美丽和清洁。

　　世人都觉得注重外表就是虚荣就是浅薄,套用专栏作家、淘宝服装店店主赵款款的一句铿锵有力的"名言":一个连外表都不注重的人,怎能妄图去谈内心!

三十天六万字，我做了一件很"燃"的事情

我参加某个写作训练营的最后一个日子到来了。

在过去的 30 天里，我写了 30 多篇文章，累计六万多字。

这是我有生以来最勤奋、最忙碌的 30 天。

我终于坚持到了最后一天，我真想放声大哭。

此时此刻，我只想用一句俗话来狠狠地表扬自己：我要么不努力，我努力起来简直不是人！

这 30 天，我依然和平时一样，上班，买菜，做饭，洗衣；这 30 天，我依然和平时一样，散步瑜伽，睡前读书；这 30 天，我依然没有放弃午睡的习惯。是的，我依然顺利地完成了工作，依然一如既往地照顾好家人，依然不忘运动和读书，但是，我却比以往多收获了六万多个文字，这六万多个文字，它们不完美，有许许多多瑕疵。

可在我眼里，它们比我以往的所有文字都珍贵，它们熠熠生辉，光芒万丈。

连我自己都觉得不可思议，时间是从哪儿来的呢？时间当然是从缝隙里挤出来的，"我只是把别人喝咖啡的时间用来写文章了而已"。

30 天的训练营生涯，我收获了什么呢？

一、把写作当作生活的日常

没有参加训练营前，我是一个懒散的写作者，常常用"随性"来对待自己的写作。勤快时一周写一篇，不勤快时两周写一篇，甚至还有过一个月都不曾动笔的记录。不写也就算了，还要用"生活比写作更重要"来安慰和麻痹自己。

既然加入了训练营，我不想自己掉队，更不想自己被踢出局。在最初几天的焦头烂额和身心俱疲后，终于找到了适合自己的方法。每天必须挤出两小时的时间留给写作，在这两小时里，关闭所有的社交联络工具，关闭网络，强迫自己坐在电脑前。因为只有把写作当作生活的日常，你才不会偷懒，才不会放弃，就像你不能不吃饭，也不能不睡觉一样。

二、拓宽了写作风格

记得进营的第一天，就是"520"林霍表白的日子。班长给我们布置的第一天作业，就是以这个素材为基础取十个新媒体文章的标题。

我实实在在地被营友们精彩纷呈的标题给震撼了。

那是我第一次觉得，之前的我，果真如同那只井底的青蛙，无知又渺小，更可怕的是，还一直自得其乐。

十个标题让我脑洞大开，我还以自己标题中的两篇为题，首次尝试写娱乐八卦文。其中一篇文章立即被某报的编辑回复录用。

原来并不是我不行，只是我一直未曾尝试。

三、认识了许多让我欣赏和佩服的写手

训练营的每一位伙伴，都是我学习的榜样。

书女，80后检察官，最高检法律读库的作者，每天深夜12点一过就开始交作业，可以说，我是被她的作业给叫醒的。她写的文章，专业深刻，轻松活泼，如行云流水。

壹默了然，简书推荐作者。家中藏书五六千册，每个角落都堆满了书，阅读量很大。她的文章风格多样，文字功底扎实，常常令我望尘莫及。

霸蛮心，就是她的文引诱了我参加了新媒体训练营。亲眼看着她的文一天比一天进步，一天比一天精彩。

最年轻的营员初晨，还是一名在校的大学生。在每天忙于功课的同时，不忘坚持写作。

还有可爱的浅浅，回乡下帮妈妈收麦子，家里网络不通畅。她就每天手写一篇文章，让我们又感动又惭愧。

和这么多优秀的营员在一起，不逼着自己也优秀一点，怎么和他们一起混呀！

四、时时留心观察，积累素材，捕捉生活的灵感

苏青曾经说过，职业妇女的写作真是不容易，淘米时想好的句子，饭熟了就忘得一干二净。

其实好多时候，都会有一些灵感的火花四处飞溅，只因为自

己没有强烈的写作欲望，只因为没有紧箍咒紧紧地箍着自己，最终任由这些火花如肥皂泡一样消散。

如今想来，多么令人惋惜！

加入训练营，因为有了每天要写文的压力，脑子时刻像在进行头脑风暴。

走路的时候思考，瑜伽的时候思考，吃饭的时候思考，有时候脑子里快速闪过一丝灵感，赶紧拿手机用简单的几个关键词记录下来，空闲下来的时候就可以整理成文。

所有碎片时间的价值都得到了完美体现。

五、证明了"只要我坚持，我也可以"

不是没有想过放弃的。

当工作和生活忙得不可开交，当灵感枯竭写作遭遇瓶颈，当为当天的作业绞尽脑汁，当看到营员的文章一天比一天精彩而自己却无从下手，我就会无比焦虑，甚至暴躁，就会抱怨自己为什么要参加这个训练营？不然，我不是舒舒服服地躺在床上玩手机嘛！想一想，我有多久没有刷微博和朋友圈了？就连周末最爱看的娱乐节目也放弃了。

可是，骨子里不服输的倔脾气又冒了出来。读书的时候都没有做过学渣，人到中年更是不想垫底。每每坚持不下去的时候，就默默背诵村上春树的话来鼓励自己："我超越了昨天的自己，哪怕只是那么一丁点，才更为重要。在长跑中，如果说有什么必须战胜的对手，那就是过去的自己。"

写作是一件漫长又孤独的事。我们借由写作，去抵抗生命中的虚无，去找寻自己内在的灵魂。越是工作忙碌，越是家务缠身，越是被痛苦折磨，就越是对文字有最深的渴望。我知道，我还远远算不上一个写作者，只不过是一个爱写字的人。毛姆说，阅读是一座随身携带的小型避难所，其实写作也是。当我们沉浸在写作中的时候，我们是忘我的。写作就像一束光，像一根救命稻草，将我们从各种不幸的泥潭里打捞出来，让我们在风暴中站稳脚跟，安排好现在与未来。

那些安静的人，空闲时都在干什么

　　我的文友若狂"出名"了。她那像空中花园一样葳蕤葱郁的露台，被眼光敏锐的记者发现，拍了美美的照片，刊登在了当地报刊上。采访文章见报当日，若狂专门记录花草文字的微信公众号一下子涌进来几百名粉丝。

　　没有人不羡慕她这个铺满鲜花和绿植的露台，并且多数做了这样的判断：她的工作一定很轻松，生活也一定很悠闲，不然，怎么会有那么多的精力和时间去侍弄花花草草呢？我听了，笑而不语。

　　事实是，若狂将大部分的时间都花在了她的"花间小筑"里，她要定时给几百盆花草浇水、修剪、拍照；她还要写关于养花的文字，为了写好和节气有关的花草系列，阅读大量的书籍；稍有空闲，她就和花友们四处淘花草瓦罐；别人旅游"摆 POSE"发朋友圈，她却低头四处找花，正如记者在文中所写——"没有丑露台，只有懒主人"。

　　遇见几年未见的前同事，我惊呆了。原先那个胖胖的、有气无力的人焕然一新，身材匀称，身形挺拔，脸色娇润，整个人从形象到气质完全变了。赞赏的同时我笑着问她脱胎换骨的秘籍，她羞涩地笑:"真没有什么秘籍。或许,是我坚持瑜伽的效果?"

身边也有许多在健身房锻炼的朋友,可像她这样,一坚持就是四年,每天中午都要去瑜伽馆练习的人还真找不出几个。"我只是把别人用来午休逛街或者玩手机的时间用来练瑜伽了而已。"她笑着说。

颇受刺激,才几年时间,我们都变样了。区别的是,她变得越来越美好,而我,变成了自己曾经最讨厌的那个模样。

想要做一些改变。于是也去瑜伽馆办了卡,倒不是东施效颦,只是把自己内心想做的事情提上了日程。每周晚上抽出时间去走路,走路时听"蒋勋说红楼",闲暇时光,就用来阅读和写文。起初是下意识地克制自己玩手机刷朋友圈,可后来,当我真正专注于自身时,关注朋友圈的动态也成了一种奢侈。

生活突然从一种状态变为另一种状态,懒散到忙碌,寂寞空虚冷到每一秒都像是在打仗,仿佛清晨来到了一个广阔无际的茶园,有种"空山新雨后"的清新,整个人都脱胎换骨的感觉。

忙碌不见踪影,朋友打电话控诉,你现在成超人了,瑜伽健走买菜做饭还要读书写文,你哪来那么多时间?

时间从哪儿来的呢?其实时间对每个人都是公平的,它并没有多给若狂,多给我的同事一分一秒,可是若狂拥有了美丽的"花间小筑",同事成了一个美丽优雅的女人。时光偷走的,永远是我们眼皮子底下看不到的珍贵。而时间花费在哪儿,时间最终都会让我们看到。

做一个安静的瘦子，沉浸在瑜伽的婆娑世界

初次到瑜伽馆体验时，店长带我参观说，这里可以喝茶上网，这里是更衣室，里面可以洗澡。

我迅速在心里换算，哪怕我只是每天来洗个澡，年卡的成本不是就可以收回来了吗？

体验结束，痛快付钱办卡。

第一天去上课，没准备洗澡，打算先暗暗观察一下众生，在前台刷卡，不放心地问，课后是可以洗澡的吧？

前台一脸严肃地劝我，姐，瑜伽结束40分钟内最好不要洗澡，对身体不好。

什么？！竟然最——好——不——要——洗——澡！

可是店长是将"可以洗澡"作为筹码之一吸引我办卡的啊，欺骗！赤裸裸的欺骗！

顿时感觉非常之不好。

我一朋友，也在这家瑜伽馆上课，中午十二点半的课，她十一点就出发了，我问她去那么早干吗？她奇怪地看着我，洗澡啊……

我醍醐灌顶，瑜伽后不能洗那就瑜伽前洗嘛，据说洗澡后练

习瑜伽对打开身体特别有帮助。

可是我真是要哭了，我根本没办法那么早还没下班就开溜去洗澡的呀。

真是不甘心啊，我一定要一年三百六十天天天去上课，不，要一天去两次，要争取把每节课的成本化为乌有。我暗暗发誓。

……

过了一段时间，我的一高大上的朋友也来练瑜伽了。我彻底断了洗澡的念头：怎么可以让她知道我是一个那么爱占小便宜的人呢？虽然我很"low"，但一定不能让别人肉眼就发现我的"low"……

直到某天晚上，我送娃去上课。时间宽裕，早早来到瑜伽馆，在大厅喝茶等候。

不一会儿，朋友也来了。

你怎么这么早？

我每天都很早，来冲澡啊。

什么？你每天提早来冲澡？

是啊，是啊。

简直难以置信……

就是说，我亏了半年了吗？

第二天，我愉快地在瑜伽馆洗了澡。

之后的瑜伽课感觉特别轻松，是因为贪到小便宜的缘故吗？

夏天之后，晚上去上瑜伽课时，我都是直接在家里换好瑜伽服，然后在外面披一件外套。

或许骨子里我是一个封闭的人吧。我享受这种独来独往，觉得自己像一阵风，在课前 10 分钟到达，一下课，别人还在和老师交流心得，或者磨磨唧唧在更衣室换衣服，我就已飞快地归置好瑜伽工具，拎起包转身就走，每天都跑得比兔子还快。

比我晚练瑜伽的朋友已经和老师、"伽友"混得烂熟，偶尔我也羡慕她们的谈笑风生，莫非我是一个有自闭症的人？

不过，虽然自闭，倒也不妨碍我默默地观察别人。我对那些穿得很隆重地去练瑜伽的人总是不能理解，蕾丝裙，高跟鞋，羊绒大衣，换衣服不嫌麻烦吗？不怕逼仄的储衣柜弄皱了上好的大衣吗？

对镜自照，我也很嫌弃镜子中这个拖沓、不修边幅的女人，穿着好几年没出镜压箱底的棉大衣，顶着一头乱蓬蓬的马尾，脚上一双老北京棉鞋，手上拎一只泛旧的棉布包（总之每次去瑜伽就是怎么方便怎么穿）……

那个若干年前连下楼买一瓶酱油都要把自己打扮得清爽干净的女人，哪儿去了呢？

没练瑜伽之前，我对瑜伽的理解浮于表面。

练了瑜伽之后，我对瑜伽也依然谈不上了解。

上课时老师经常说，在这一小时里，让我们关闭外面的世界，忘掉工作，忘掉忧伤，忘掉烦恼，让心平静下来，让思想回归到身体本身，以此完成一场心灵的完美旅行……

外面的世界倒确实关闭了（因为不能带手机），至少在这一个多小时里，我们和外界失联了。可是好多时候，只要一进入冥想阶段，我就开始走神，想之前没空想的事，有时候思绪越飘越远，远得甚至没听清楚下一个动作是什么……

真的有能关闭所有思绪的彻悟者吗？我很好奇。抑或是我修行不够吧，我倒是很享受自己这样思维发散的状态。

现实生活中，有几个人能做到每天关闭手机一小时，哪怕只是一人呆坐发个呆呢？

好了，披露了这么多自毁形象的事，现在补救还来得及吗？

"立冬夜，走出暖气腾腾的教室，一阵冷风扑面而来，不由得打了个哆嗦。公园里几乎没有行人，只听见我一人的脚步声，更觉冷寂。平时难得空闲的停车位空荡荡的，这样的夜，都蜷缩在温暖的家里点一盏昏黄的灯了吧。这一天都认认真真的没有虚度，给自己点个赞吧。就这样慢慢走进冬天。"

这是我在立冬那天瑜伽下课后写的一点感想。

立冬过后，冬至未至，天气清寒，下班回到温暖的家真心不想再出门。

尤其想到去前还要换上冰凉的瑜伽服，情不自禁就打起了寒战，这在没有暖气的南方简直就是自虐。

可是如果一天不去，第二天也会不想去，恶性循环，接下去就会持续一段时间的低迷，想到我花出去的钱就这样被白白浪费，我的心就疼了。明明是想励志的，怎么又俗了……

为了钱，我鼓起勇气换好衣服，一个人走在北风呼啸的冬夜里，心里就会漫起一波一波像海浪一样席卷而来的情绪，我真是太正能量了有没有？

哪怕是在狂风暴雨的极端天气里，我也没有赖在家里。那些去之前的犹豫纠结痛苦难受，到了瑜伽馆后就会灰飞烟灭。特别是最后躺在暖意融融的地板上，瑜伽老师轻柔的声音在耳边回荡，仿佛在轻描淡写言说着一个遥远的童话故事，我的意识就会不知不觉迷糊，身体渐渐下沉，浑身松弛舒坦，真想就这么睡在地上不用起来……

新设的普拉提课程，教练据说是本城最美瑜伽教练，肤白貌美翘臀，身材惹火。

如果说瑜伽是静若处子，那么普拉提就是动如脱兔。

上了一堂课，我就爱上了普拉提，爱上了我的普拉提老师。

每次当我们累得忍不住要放弃动作的时候，老师就会来蛊惑我们，还想不想瘦成一道闪电了？想就继续！

又坚持5秒，浑身发抖要倒下，她又说，还想不想夏天穿无袖背心吊带衫了？想就继续！

只好再咬牙坚持，快顶不住了，她使大招，想不想要迷人的腹肌和马甲线了？最后10秒！再坚持一下！

冰激凌有多销魂，马甲线就有多诱人……

浑身气血上涌，我拼了！

我练瑜伽的初衷是什么呢？

有太多人不理解，他们的反应都是这样的：你这么瘦还要练瑜伽？或者是：如果我像你这么瘦……

其实，在我的前半生里，我是一个能坐着绝不站着，能躺着绝不坐着的资深宅女。我最大的运动就是每天拖地板。

人到中年，渐渐感觉力不从心，腰酸背痛皮肤松弛脸色晦暗……

我需要运动，我更知道，运动需要坚持，可是不花钱的运动，我坚持不了。

练瑜伽小半年，开始从一个盲目的坚持者变得理智。之前的坚持是逼迫自己的，总想着年卡那么贵，我必须每天去，这样才划算甚至有赚到。现在，能够合理安排时间了，累了，就让自己休息，一周保持四五次的练习，身体和精神的压力也慢慢消失。

其实运动和生活都需要一种平衡，懂得舍弃，调整心情，何尝不是另一种意义上的瑜伽。

请叫我励志姐，谢谢，让我们一起干了这碗鸡汤。

又要说我的闺密小白了，她是为了减肥去练的瑜伽。

可结果呢，她哭了，练瑜伽后胃口大开，吃得反而停不下来，然后，你懂的。

我雪上加霜：是啊，是啊，我每天下课回家后就烤年糕、烤红薯、烤汤圆，补充能量……

所以，那些抱着减肥心态去的，就不要去瑜伽了。瑜伽不会让你成为瘦子，但可以让你从胖子变成一个柔软的胖子。

我的那些瑜伽老师，她们都不是第一眼美女，至多中人之姿。

相处半年，如今再打量，却惊觉她们非常美。那种美，是从眼神、声音、表情、姿态中不由自主地散发出来的；是从外到内，又从内到外油然而生的。

越来越相信，有了年龄的女人，她的美，已和胶原蛋白和青春靓丽无关，她灵魂的样子才是她真实的容貌。

我是一个瘦子，我不想减肥，但我想做一个柔软的、健康的、阳光的、积极向上的、美丽的瘦子。

我不想说坚持，真正坚持到最后的人，靠的不是激情，而是恰到好处的喜欢和投入。

我只想把我喜欢的事情，变成一种习惯。和吃饭睡觉一样，成为生活的日常。

把一地鸡毛关在门后，享受门外的日子

晚饭后，刷碗、整理家居，时钟已指向7点。换上休闲裤，穿上轻便鞋，和老公孩子大声招呼："我出去了。"门啪嗒一下在我身后关上，关在门后的，还有那个刚刚在一地鸡毛的琐碎中忙碌的女子。深呼吸，一个全新的女人倏忽诞生。从迈开步伐的那一刻起，她就不是白天那个脚蹬高跟鞋雷厉风行的白领骨干精英，也不是晚上那个疲于家务的家庭主妇，她脱离了原来那个她，在她一个人的世界里，自由地奔跑。

喜欢上独行，已有一阵。从一个只爱宅家，能躺着绝不坐着的宅女，改变为只要天气良好，都要坚持独行的女人，完全得益于作家村上春树的一本书。村上春树，29岁开始写小说，33岁开始跑步至今。他在书中这么写道："一天跑一个小时，来确保只属于自己的沉默时间，对我的精神健康来说，成了具有重要意义的功课。至少在跑步时不需要和任何人交谈，不必听任何人说话，只需眺望周围的风光，凝视自己，这是任何东西都无法替代的宝贵时刻。"

这段话深深地打动了我，我爱热闹，却更爱独处。白天费尽心思地与别人交流，到了夜晚常常心力交瘁，只想有一段一个人的时光。一个人独行在夜色中，看上去有些孤独，有些落寞。可是独行时抬头仰望的星空、明月，夜空里低垂的白云，空气里飘

散的花香，拂过身体的凉风，草丛里的虫鸣，身前身后的独行人的呼吸与脚步声……却只是有过独行经历的人，才能体会到这种美妙的滋味，原来是如此一言难尽。

有人说，喜欢春天有鲜花朵朵，夏天有凉风习习，秋天有果实累累，冬天有白雪皑皑。成为独行者之后，我也喜欢上了四季的变迁。喜欢春天独行时的花香阵阵，喜欢夏天独行后的汗水淋漓，喜欢秋天独行时的舒爽怡人，也喜欢冬天独行后手脚不再冰凉的温暖。当然，更爱的还是一个人独行时思想的自由，可以什么也不想，像彻底清空之后的空白；也可以天马行空不设防地遨游，仿佛一匹脱缰的野马，肆意地在草原上狂奔。没有目标，没有目的，思想有多远，一个人的路就可以有多远。

有时，也爱观察和我擦肩而过的路人。有一家三口同行的，走得优哉游哉；有两人结伴的，聊得风生水起；也有和我一样独行的，脸颊泛着健康的红晕，亮晶晶的汗珠挂在额头；还有牵着小狗遛得欢快的，完全不由自己控制，狗往哪儿，主人就跟着往哪儿；更有奇怪的老者，在河边的木椅上，蜷着双腿打坐，默默地从他身边跑过，会不由自主地屏神凝息，只想静静的，不打扰他一个人的清欢；供行人休息的亭子间，有人在听收音机，我也会放慢脚步，听上一段，是郭德纲的相声……

不用起早为孩子操心早餐的寒暑假，有时我也会选择在清晨独行。城市仿佛还在沉睡，路上行人稀少，空气清新迷人。偶然遇见和我一样早起锻炼的行人，相视一笑彼此无言。

所有这些看到的，听到的，感受到的，都将沉默在我的心里。人到中年，很多沉郁都会慢慢淡化，喜欢悄无声息，喜欢不动声色，喜欢这样安静又孤独地，做一个城市独行者。

那些无用的爱好里，藏着未来的道路

"认识"Lady Y有些时日了，她是我朋友圈硕果仅存的"微商"之一，之前我屏蔽了朋友圈一些频繁刷屏的微商，却一直没舍得对她下手，谁让她的朋友圈有些好看呢——不仅会做颜值很高的甜品，她本人，还是颜值很高的女人。

是什么时候加的她呢，有些淡忘了。只知道这个女人，除了每天在朋友圈发她那些好听好看想必也好吃的甜品，勾得人每每默默狂咽口水；还会发她感性的文字，配上优美的图片；当然，更少不了自拍，好看的女人就是有权利随时随地发自拍啊……这样的小情小调，让远远观望的我常常情不自禁地嘴角上扬。

我喜欢这样陌生又熟悉的感觉，有些距离，有些克制，有些寂静，有些美好。

Lady Y是个土生土长的湖州德清女子，或许是因为有过青山的滋养，外表温柔清丽，内心却像山一样坚定。大学学的是金融，毕业后只身一人来到湖州。在银行觅得一份稳定的工作，和在事业单位工作的老公相恋结婚。

如果生活就这样按部就班，倒也岁月静好，儿子出生后，安宁的日子却打破了。双方父母都没有空帮忙带孩子，是把儿子交给保姆，还是亲自陪伴儿子成长？在事业和家庭面前，Lady Y 选择了她觉得最重要的家庭。

从此，Lady Y 有了全新的生活方式。她亲自下厨给儿子做好吃的，给儿子讲故事，陪儿子看书、玩游戏、捉迷藏，还要带他去认识外面的世界，看花草、天空和云朵……儿子睡着了，她就抓紧时间跳操，照顾喜欢的多肉植物，有时候也会独自饮一杯红酒。也就在那个时候，她收藏了许多美食 APP，一个崭新的世界顿时在她面前轰然洞开。

Lady Y 就这样不知不觉地迷上了做甜品，很多时候，她把睡着的儿子放在身边的小床，一边看着儿子，一边琢磨起她的甜品。儿子醒来后，揉揉蒙胧的眼睛，会软声细语地说，妈妈我爱你。她的心中漫起无限柔情，爱是什么意思你知道吗？儿子说，爱就是喜欢的意思。那喜欢是什么意思呢？儿子就过来抱着她，说，喏，就是这个意思……她的眼睛湿润了。

爱，就是要和喜欢的一切拥抱在一起，对吗？

儿子上幼儿园了，她终于有了完整的属于自己的时间。她去北京，去上海，去广州；她学韩式裱花，学法式甜品，学西餐，甚至还学了摄影。她性格中有偏执的成分，一款甜品，她可以不吃不喝二十四小时一直在做，做到自己满意为止。有时连她自己都觉得好玩儿，原来只是想做一个家庭主妇，可是机缘巧合爱上了甜品，慢慢地，她想做一个多才多艺的家庭主妇。

她有了自己的另一个孩子——Lady Y 食彩浪漫工作室，她说这个孩子是她的女儿。从一个人的孤军奋战，到 2016 年的铿锵三人行，到今年的英勇四人组，当初和她一起在银行工作的朋友已经升职为银行的中层管理人员，而她也从未有过一丝丝的后悔，因为她已经在自己的生活中找到另外一种美好的可能。

曾经有人问她，如果看不到确定的未来，还要不要付出？她说，并不是每一种付出都是在寻求结果，有时在付出的路上，清楚地看到了自己想要的，或者不想要的，就是一种宝贵的结果。就像她之前从来不曾预料到自己的生活会和甜品扯上关联，可是生活，就是这样妙不可言。那些在别人看来无用的爱好，终究会交错在一起，引领你找到一条最适合的道路。

给儿子和老公准备早餐，送儿子去幼儿园上学，白天待在工作室研究甜品，下午4点去接儿子放学，6点钟结束工作室一天的忙碌，剩下的时间全部属于老公和儿子。生活就这样平静又缓慢地流淌，平静中默默积蓄着力量。这个温柔又坚定的30岁女子，身材没有走形，眼旁没有皱纹，光芒和激情仍在。

日子很暖，风很清浅。最美好的生活莫过于此，和自己喜欢的人在一起，做自己喜欢做的事情。未来还很遥远，未来值得期待。

最会拍照的女诗人，最会写诗的女摄影师

陌上花开，诗人，摄影师，大长腿美女。写到"美女"这个词我有些犹豫，毕竟如今满大街都是美女，可真正担得起"美女"称号的又能有几人呢？那些闪闪发光、赏心悦目且真心想让人赞叹的女子，肯定不只是因为她漂亮的外表。光鲜靓丽的皮囊终究只能维持一时，唯有经过岁月的磨砺，从灵魂深处自然散发的美好，才能有强大的吸引力。

爱上诗歌，由来已久。

写诗之前，花开写散文随笔。和大多数女性写作者一样，花开写散文，大多着眼于生活中的细枝末节。女儿给她写了一张纸条，她可以由此写一篇生活小品；看韩剧《来自星星的你》，她会写一篇《从炸鸡与啤酒说起》；哪怕去剪一次头发，她都能写一篇细腻的碎碎念。那时候是论坛最火之时，花开也泡在各种文学论坛里发帖。有一次读到论坛里一位朋友写的诗，短小精练，回味无穷，就在那一瞬间，花开突然喜欢上了诗歌。

初次和诗相逢，花开近乎狂热。她自述那个时候"一天一组，仿佛笔尖总有流淌不完的诗意，仿佛满世界都是灵性的语言与声

音"。或许是双鱼座女子浪漫、爱幻想、柔情似水的天性，爱上了写诗，在诗人花开的眼里，大雨倾盆是诗，落叶飘零也是诗。

花开的诗，优美，柔软，安静。她写"炉火"——炭火就是其中奇妙的介质 / 擅长 / 在冬日里渲染春天 / 它的红 / 类似于心脏跳动 / 人性中潮湿的部分 / 被轻而易举地烘干……她写"一场大雾"——我在等一场大雾 / 从山的背面仆仆而来 / 它手里有网 / 曼妙，张弛有度 / 网山石，网崖树 / 网船头穿着蓑衣的女子……清明，她写了一组给父亲的诗：我坐在父亲对面，给空的杯盏和日子 / 续酒。压低嗓音交谈 / 父亲没有说起新邻居，我也没有 / 交谈内容陈旧。老屋，灶头，长满蛛网和枝蔓 / 等这三支清香燃尽，我就得起身 / 掸尘土，步入更厚的尘土 / "爸，保重。"十二年前不懂得说出 / 如今我这么说的时候，春天就要被流水带走……

"春天就要被流水带走……"，是怎样的柔软和内敛才能写出这样不动声色却让人默默动容的诗句。在这个浮躁的时代，读书的人都越来越少了，更何况是小众的诗歌。坚守着这块内心的田园，花开在一个人的诗歌世界里翩翩起舞，任尘世喧嚣，她自在清明。

因为自恋，恋上摄影。

自恋的女人不少，因为自恋想学摄影的女人也很多，可真正因为自恋让自己质变为一位优秀的摄影师的女人，可谓少之又少。

毋庸置疑，花开很美，她身材高挑，长发披肩。特别是当她背对着你，一袭长裙，裙裾飘扬，常惹人浮想联翩。美女都爱自己的背影，花开给自己设了一个《背影集》的相册，目标是集满自己在 100 个不同地方的背影。可都要依赖别人给自己拍照太麻烦了，自己动手才丰衣足食。为了能随时随地留下自己的倩影，也为了培养先生成为她的御用摄影师，花开开始了她的摄影之旅。

不得不提一下我和花开的初识了。我们相识于一个摄影论坛。彼时我也是因为自恋买了单反相机，也是兴冲冲地每天在论坛冒泡。我们几乎是同时在论坛注册成为网友（后来又成了现实中的朋友）。如今，五年过去了，花开已经成功地从一名摄影小白变身为一名摄影大咖，而我，仍然和当初一样，是一无所成的摄影白痴。

也许成为摄影师需要一定的天分，但更多的却是需要付出成倍的努力。起早摸黑地追逐光影，风吹日晒雨淋日复一日地练习摄影技术，在我舒舒服服地躺在沙发上追剧的时候，花开不是在拍照，就是在研究摄影和 PS 技巧。我和花开，我们出发在同一起跑线上，我中途退出了赛道，她坚持到了终点……想起一句话：如果有一天我们淹没在人群中，庸碌一生，那是因为我们没有努力活得丰盛。

在追寻的路上，没有人能随随便便成功。

因为摄影，爱上旅行。

当花开的《背影集》有了足够多的照片时，花开的摄影初衷也悄然发生了改变。她由衷地爱上了摄影，那些在摄影镜头里呈现的静谧灵动和美妙，常常让她心动不已。她彻底地沦陷在摄影的世界里不能自拔，日出日落，阳光雨水，花草美食……她贪心地想要把这世界上所有的美好都呈现在她的照片里。她痴迷了，她不再满足于拍身边这些细碎的美好，她要走出去，拍城市，拍乡村，拍更加广阔的天与地。

2015 年，花开去了魂牵梦萦的川藏大地，回想起那一段旅程，花开仍是激动不已。川藏线上的 317 国道，一边是陡峭的崖壁，一边是湍急的江水，一路上尘土飞扬、乱石横陈，还时不时遇到塌方的路段。为了拍摄到色达的全貌，她凌晨 4 点多起床，崎岖的小路，强烈的高原反应，30 多斤重的摄影器材，克服着身体上的障碍，最终登上海拔 4000 多米的山顶，看到了清晨的第一缕阳光。尤其是当深夜到达色达五明佛学院，看到漫山遍野的红色房子，从谷底到山腰再蔓延到山顶，密密麻麻，每一座红色的木屋里都透出红色、橘色的灯光，星星点点的灯火如波浪般翻过山顶蔓向天穹……这场景带给她强大的震撼，不仅是视觉上的，更以铺天盖地之势冲撞着心灵。

那是她最难忘的一次旅行和拍摄经历。如今的色达面临改造，面目全非，而花开拍摄的照片也成了珍贵的记录。

在诗歌里悠游，在旅行中摄影。

拍摄了数不胜数的照片，花开写起诗来更是时时灵感爆发。她常常给自己的摄影照片配上诗歌，图文并茂，照片因为有了诗歌像是有了灵魂，而诗歌因为有了配图更多了一分意境。

也许诗歌、摄影和旅行这些称之为爱好的东西，都无法给我们带来金钱上的最大收益，但人只有找到了热爱的东西之后，生活才不会变得灰暗，生命才会变得丰盈。

刚刚在朋友圈看到花开新写的一首《落日》："我一生爱过很多落日 / 相信它们也是爱我的 / 在落回水下之前的很长一段时间。我们对视 / 含笑不语 / 像老朋友一样，拍打肩膀。"

有时候，我很难想象，这些诗是一个风尘仆仆扛着相机，或是专心致志趴在泥地里捕捉精彩瞬间的摄影师写的，因为它们细腻多情，清丽曼妙。

张爱玲在《更衣记》里曾经写道："衣服是一种语言，是表达人生的一种袖珍戏剧。"

对于摄影师来说，照片是他与这个世界沟通的工具；对于诗人来说，诗歌是他表达内心的台词。而无论是花开的诗还是照片，展现出来的都是她对这个世界的理解。

写诗时，花开是安宁的，她静若处子，诗歌是她一个人的清欢；摄影时，花开是跳跃的，她动如脱兔，拍照是她对世界的追寻。她曾经说过，她要做最会拍照的女诗人、最会写诗的女摄影师。我想说，她做到了。

养花种草，是为了给闲淡的女人看清晨的露

若狂是我结识的第一个文友。

那时我刚刚开始投稿，误打误撞地进入投稿论坛。我羞怯内向，不爱和陌生人打交道，做什么都喜欢独来独往。可是，初到一个陌生的环境，看到文友们在帖子里像老朋友似的你来我往，也很是羡慕。

就这样潜水观摩了一段时间，有一天突然看到一个熟悉的ID——若狂，咦，好像在哪儿见过？

那时我们都写博客，每天更新；那时写文只为自己写，没有稿费也写得很欢乐；那时打开电脑的第一件事情，就是逛博、回访，就这样，通过博友的博客，又认识了许多新的博友。

若狂的博客就是我辗转逛到的，读了几篇博文，知道了"若狂"这个名字的由来，知道若狂家欣丫头和我家小马同龄，知道了她养的小狗叫溜溜，第一次见识到原来"狗生"的世界是那么妙趣横生。

很欣赏她，我决定主动出击……于是在若狂的帖子后面留言：请问，你是19楼的若狂吗？

就这样，一举"勾搭"成功。

之后，我们一起写文，一起交流写作心得和投稿信息，每天看报纸电子版查自己的文章有没有"上墙"，然后互相报喜（文友圈行话：文章上报叫"上墙"，某人文章上报就是某人"有喜"）。那个时候，我们都各自有过"巅峰之作"，有过一天"四喜丸子"再也无法超越的记录。

写着写着，都有些疲乏了，那些为了"上墙"而绞尽脑汁憋出来的文章，连自己读了都有些厌倦了。

虽然厌倦，我却是仍然不敢放弃，我怕自己一放弃，就再也拾不起来。

若狂，却果断地在这个时候选择了归隐。论坛上再也看不到若狂的文章，我有些着急。隔一段时间，我就会跑去问她："狂啊，你什么时候出山呢？"

我总是以为，她休息一阵，就会再出来的。

只是，我没有想到，她休息得那么久，好像忘了写文投稿这回事，也不再和朋友们在群里嘻嘻哈哈插科打诨。

她一心一意打理她的露台。于是，我看着她，一点点地把她的前后露台打造成了空中花园。

现在的若狂，是有了"花间小筑"的若狂，是被她"花间小筑"里的花花草草浸润过的，有了花草般淡淡清香的若狂。

她不再像我们一样，还执着于文章"上不上墙"。在我们纠结"上不上墙"的小名小利时，她在"花间小筑"里兀自快乐地做一个农妇。

"草木有本心，何求美人折。"花花草草定是有疗愈作用的，不然，怎么能把一个红尘中的凡人修炼得如此淡定如水呢？

若狂又拾起了她的笔，大多时候，她只写"花间小筑"的花花草草。

静下心来的文章，终于呈现了它应有的味道：沉静，优雅，美好。透过那些安安静静的文字，仿佛看到一个安安静静的若狂，在"花间小筑"悠然品茗，读书沉思。

周末，我如约来到若狂的"花间小筑"，花草葳蕤，姹紫嫣红。因为怕失眠我不能喝茶，若狂就在园子里为我采摘新鲜的茉莉和薄荷。茉莉，清新可人，香气若有若无，似去还留；薄荷，清凉又沁人心脾。倘若每天都能喝上这样的一杯茶饮，是不是人也会渐渐地变得宁静致远呢？

此时，突然适时地下起一阵雨，我们欣喜若狂，就那么安然地坐着，静听前后露台雨声沙沙……

美文作家许冬林有一篇文章《养一畦露水》，她说："养花种草，不是目的，是为了给一个闲淡的女人去看清晨的露。"

又想起老树的诗文："与其与人纠结，不如与花缠绵。"

"抛夫弃子"去旅行，是平凡主妇的英雄梦想

好像还是去年九月，我经常光顾的一家淘宝小店铺，举办五周年的店庆，在微博做了一个晒梦想的有奖转发活动，我还清晰地记得我随手转发时写下的那个梦想：作为一位家庭主妇，梦想是可以有想走就走，可以放下老公和孩子，随时就能出发的旅行……

拔腿就能远行，毋庸置疑，是一件快乐的事。但人到中年的女人，上有老下有小，白天要在职场兢兢业业，晚上回家要洗衣服做饭，要抹地板刷马桶，忙碌一天躺在床上了，脑子里还想着明天要早起上学的孩子的早餐，每天都在为平凡的烟火琐事喋喋不休，蓬头垢面几乎成了生活的常态。几年前读一位作者旋木的一篇散文，立刻把她奉为知音。里面有一段话这么写道："婚姻中的女人，其实是连到火车站看一下列车时刻表过过眼瘾的工夫都没有。在锅碗瓢盆的慌乱中，偶然听到齐豫还在唱着橄榄树，只能有不超过三秒的愣怔。一个人去另一个城市，显然是不可能了，即使可以，行李箱里，也只会带上对孩子和丈夫的深切挂念……"

所以，当某一天，文友在朋友圈召集"女人们一起去看海"的活动时，我内心伺机已久、早已蠢蠢欲动的小火苗迅速被点燃了。

我盘算了一下时间，正好是周末，"抛夫弃子"地和一帮志趣相投的朋友一起去旅行，不正好是我在微博晒的梦想吗？纠结斗争了两个晚上，我决定放飞自我，从心出发！

不要小看这样的一个简单决定，它需要勇气，需要冲动，需要渴望，需要忘我，它抛弃了条条框框的常规束缚，它把理智和计算抛在了脑后，这一刻，只要随着自己的心意，问问自己心里最深的向往……平凡的生活中，我们很难有这样的勇气，我们常常说"等哪天有空了""等哪天有闲情了"，其实我们忘了，最可怕的，或许就是等等等。

就这么出发吧，能这么一拍即合的，一定都是简单天真真性情的同类人。

后来，我们开玩笑地把这次旅行定义为"私奔"——"抛夫弃子"的私奔。

就不必炫耀这群美丽妖娆的女人在海边是如何引人注目了，也不必流水账般地记录海风是多么凉爽怡人，天空是多么幽远开阔，更不必傲娇地嘚瑟海鲜大餐是如何鲜美，旅行和人生一样，总是会有许多的意外。你寻求一枝花朵，却找到一颗果实；你寻求一汪泉水，却找到一片汪洋。就那么休闲随意地徜徉在海边，倾听海浪的澎湃，遥望满天的星辰，黏稠的海风从脸颊拂过，像是一次温柔湿润的抚摩。

《在路上》的作者凯鲁亚克说："旅行并不像它看上去的那么美好，只是在你从所有炎热和狼狈中归来之后，你忘记了所受的折磨，回忆着看见过的不可思议的景色，它才是美好的。"

看海回来，把手机里的照片一张张地翻给老公和孩子看，老公不无嫉妒地说："你们这几个女人倒还真是挺搭的。"我趁机撒了一个小小的娇："老公，以后每年，我都可以有这样的一次旅行吗？"老公夸张地作委曲状："你又要把我和孩子扔在家中自己逍遥快乐吗？不行，那我也得和我的哥们一起自驾去西藏。"

我拍手称好："我非常赞成。男人和女人是不一样的生物，有时候，我们真的需要这样不同感受的旅行。"

这一次完全有别于以往的旅行带给我们太多的回味，在空间里写下旅行日志，闲暇时翻看，总是不由自主地会嘴角上扬。

立秋那天，在文友群里聊天。若狂说，秋凉了，真想出去走走。弦歌说，我正好要去成都，要不你们也一起飞成都，咱们来一次说走就走的旅行？

成都——张艺谋笔下"一座来了就不想离开的城市"，听听就让人心驰神往，更何况，和她们几个是神交已久，对彼此的文字早已熟稔，早已惺惺相惜、彼此喜欢的文友。我们一拍即合地约定了出行的日子。

像怀揣着一个美丽的秘密，在兴奋和激动中盼来了出行的日子。尽管飞机误点三个小时，尽管抵达成都已是凌晨 3 点，但当我和若狂在成都双流机场和等候已久的弦歌会合，热烈拥抱在一起的时候，那一刻，我体会到了生活的美妙之处在于：能拥有自己想要的生活，不仅要能和自己喜欢的人生活在一起，还要能和自己喜欢的朋友一起结伴旅行。

女人们一起旅行和男人一起旅行最大的区别在哪儿呢？我们

有聊不完的话，坐在车上聊，走在路上聊，休息的时候聊，吃饭的时候聊，我们聊文学，聊艺术，聊人生；我们聊老公，聊暖男，聊孩子，聊婆婆……我们聊得通宵达旦、彻夜不眠，在坦诚肆无忌惮、毫不设防的交流中，彼此都在对方身上看到了自己所有的问题；我们有拍不完的照片，摆不完的"POSE"，因为审美相近，我们绝不愿留下"到此一游"的摆拍照，而是寻找每一处充满文艺气息的所在，尽情释放我们的"矫情"和"矫揉造作"……在陌生的城市里，我们终于抛弃了那个时刻叫嚣着、时刻提醒着我们应该怎么做的"超我"，痛快淋漓地解放了自己的天性，展现了最真的"本我"。

虽说"私奔"对于绝大多数白领来说是有心无力，但偶尔以"私奔"的心态给自己放个小假，还是让许多职场人欣然神往。

是的，纵然旅行已经成为普遍，几乎每个家庭每年都会组织一趟旅行，给单调的生活增添些许回忆和色彩。但我们依然约定，每年都要有这样纯粹女人们的旅行，因为这是一段特别的、放灵魂自由的假期。这样的一段假期可以提供一年甚至好几年的养分，慢慢地把不同经历、不同感受、不同细微之处反复咀嚼，人生岁月尔尔，在平淡中，能寻取这些独特的快乐、闪亮的回忆，足矣。

"麻布袋"，生活的另一种姿态

在朋友圈给某人回复评论：原谅我这一生坚持不懈爱"美貌"。

是的，我从来不否认自己爱美。爱美，似乎是世间所有女人的天性。但如何才能把自己打扮得漂亮，如何才能让自己穿得好看又得体，却并不是每个女人天生的本领。

于是寻寻觅觅兜兜转转，岁月就这么蹉跎而逝。直到最近几年，我才找到了自己的穿衣风格。年轻的时候，属于乱穿一气，什么也都敢穿，那是青春洋溢的年代，随便一件地摊货，也能穿出青春少女的独有味道。那个时候自然从来不去考虑哪种类型的服装风格才最适合自己。可是，这段胡乱穿衣的美好年代倏忽而过，令人来不及惆怅。

步入职场，目之所及，都是穿着小窄裙、踩着恨天高的职场丽人，那强大的气场，让我第一次对自己毫无特色的着装风格产生了隐隐的自卑。病急乱投医，我开始盲目地尝试，尝试正儿八经的职业范儿，尝试过风姿绰约的淑女范儿，甚至还尝试过嬉皮士风格的轻狂范儿……

那是一段迷茫的日子，每天早上，我都面对着衣橱发呆，那句"永远都缺一件衣服"的名言，果然适合每一个女人。

高跟鞋、淑女装虽然显得知性优雅，但我真的受不了那种一天到晚踮着脚尖行走的折磨，而且衣着淑女装就必须有淑女的范儿，装模作样了一段时间，我的懒散本性毕露。直到偶然的一天，在一个小店邂逅了一件棉布长裙，不束腰，不修身，也不用踩高跟鞋，挺合我的眼缘，迫不及待地穿上一试，舒服极了！我两眼发光：难道这就是我的风格？

由此，开启了我与棉布裙的缘分。穿棉布裙，不必正襟危坐，不必装模作样，也不必挺着腰肢踩高跟鞋，随随便便一双平底鞋就可以搭配得很出彩。棉布的妥帖和柔软让拘束很久的身体突然奔放起来，尤其喜欢宽宽松松的着装，整个身体都可以无限舒展地包裹在宽大的衣服里。厚重下垂的质地，一阵清风吹过，柔柔地拂过肌肤，那种感觉无比舒畅。

但，并不是所有的人都能接受这种"完全埋没身材"的风格。闺密说我"套了个麻袋"；公司的前台几次三番地看着我，欲言又止；老妈骂我"女人穿衣服要挺胸收腰显得身体修长才好看，你一副拖沓邋遢的模样，你们公司领导也不管管你吗"？

于是，我庆幸我工作在这样的公司，没有穿职业装的要求，可以尽情地"想穿什么就穿什么"，就这样，我在宽宽松松的风格里找到了无拘无束的自己。看起来穿的只是衣服，但许多时候，衣服却不仅仅只是衣服本身，在它的身上，有主人的味道和气息，有主人悄然展露的天性：是简单，是认真，是极致，抑或是随性？人说"文如其人"，其实"衣也如其人"。

渐渐地，周围的人开始习惯了我的风格，偶尔，还会有人赞叹：真喜欢你的清新文艺范儿。这个时候，我才恍然大悟，原来我一不小心赶了个潮流呢。你看，大街小巷的"清新文艺范儿"果真多了起来，淘宝的那些小店铺也纷纷转了情怀，走了一条"将文艺坚持到底"的不归路……但我必须实话实说，宽松文艺范儿的衣服真不是每个人都能驾驭得了啊，首先你得要瘦，其次你得要瘦，再次你还是得瘦……

嗯，只要你够瘦，不管你是高个子还是和我一样的矮小个，都来试试和我一样的宽松范儿吧，我相信，只要你穿过几次，你一定会念念不忘这种美好。当然前提是，你必须得有和我一样的穿衣原则：不以傲人的身材为荣。女人到了一定的年龄，穿衣应该不只是为了悦人，而首先是为了悦己——取悦自己，先让自己舒服起来，再去追求视觉上的愉悦。

如今，打开我的衣柜，一水儿的棉麻连衣裙，从夏天的薄棉布，到春秋的加绒棉麻，再冷的冬天，也只需在外面加一件长大衣或者羽绒服，利用率非常高，依然可以美美的。宽松的长毛衣也是我的最爱，套头的或者开衫，还有超大超大的，一件毛衣完全就是一件大衣的重量，摊开来，甚至有两件毛衣的宽度，看上去简直不可理喻，可就那么随随便便在棉麻连衣裙外一披，一种说不出来的味道就在举手投足间不经意地显现。

有女友说，我也喜欢这些裙子，可实在是太大太大了。其实，觉得太过宽松，可以巧妙地在腰间扎一根腰带，看看是不是就会有不一样的效果呢？身边的好多女友，在我的影响下，也渐渐地爱上了这种舒服随意的服装风格，原来让她们唾弃和鄙视的"麻布袋"也终于有了春天。当我们终于找到最适合自己的，有了自己风格的时候，我们就再也不会担心失去自我。穿着漂亮得体的衣服，穿着让自己心情愉悦的衣服，就像生活里每天都有了阳光。真心希望，每个爱美的女人都能找到属于自己的风格。

第 三 辑

欣喜相逢，很高兴遇见你

等一场雨，似是故人来

常常会被雨声惊醒。滴答滴答，清脆地落在屋外的遮阳棚上，静夜里能够清醒地睁开眼睛，悄悄地聆听，再悄悄地重入梦乡。

对雨的喜爱，是一种说不出口的深情。时常站在窗边看雨，有时细细绵绵寂然无声，有时瓢泼似的从天空直挂而下，就这样，可以发很久很久的呆。也爱撑着雨伞走在雨中，另一只手提着裙摆，或卷起一点点裤角，即使没有悠长悠长的雨巷。尤爱此时初夏的雨，满坑满谷油润碧绿的一丛丛青翠，不由分说地铺满了眼睛。

南方的雨有时猝不及防却又让人满心欢喜，分明白天还是直逼30摄氏度的高温和艳阳，晚上却可以任性地下起了雨。只一场雨，人间仿佛又清明了许多。

读舒国治的散文，"雨天，属于寂人。这时候，太多景致都没有人跟你抢了。路，你可以慢慢地走。巷子，长长一条，迎面无自行车与你错身。河边，没别的人驻足，显得河水的潺潺声响更清晰，水上仙鹤见只你一人，也视你为知音。"清简的文字，眼前却可以浮现出一幕幕生动逼真的雨天画面。

雨天，总是带着湿漉漉的诗意。我不会写诗，但不知为何，抬头遇雨，我的脑中总是不知不觉地涌出许多和雨有关的诗句。

那些诗，好像一直埋在心底的某个地方，只等某一个瞬间将它们唤醒。"世上可有任何事物，比雨中静止的火车更忧伤？"（聂鲁达），"雨是一生过错，雨是悲欢离合"（海子）……

雨天，又是清冷和忧伤的。雨让很多歌手也成了诗人。最近爱单曲循环薛之谦的一首《下雨了》："偷偷的，下雨的时候月亮偷偷的……雨还在下像在说话，它敲我的窗叮叮当当。雨还在下你听得见吗？是我的思念滴滴答答……"，优美的歌词像一首优美的诗。

有一天，看到一则故事：雨天，出租车上下客点排着长长的队伍。有一个二十多岁的女孩，清汤挂面的直发，手里没有伞，她把头埋在她前面一个男孩撑起的伞下，男孩有好看的侧颜。他们无话。女孩一直低着头，伞不大，男孩尽量把伞往女孩这边举，自己淋湿了一边肩膀。队伍缓慢地往前走，轮到他们的时候，来了两辆出租车，他们想说什么却最终什么也没说，各自上了一辆车。车子一前一后往两个方向开走了。

一个像细雨一样温柔的故事，让读故事的人心里也悄悄生出几许柔情。

春天的时候，我和我的摄影师朋友一叶去苏州探访了一个名不见经传的小园林，园林里有斑驳的院墙，墙上爬满了一树一树的蔷薇。想象一下，经过岁月打磨的老墙，从墙头探下来的柔嫩的蔷薇，是不是会和雨天更配呢？然而，一直等到蔷薇花落，雨也没能如期而来。

错过了雨中的蔷薇，又开始等另一场雨，下在国清寺的雨。

摄影师对雨总是一往情深。历经沧桑的寺庙，长满苔藓的古老石阶，草木的葱郁，香火的氤氲，还有檐角滴落的雨，清幽灵秀，烟雨迷离，诗一般禅意的景致，就在风雨飘摇中呼之欲出了。

我的另一个北方的朋友弦歌，她也尤爱雨。每每我们在朋友圈发雨中的图片，湿漉漉的鲜花，亮晶晶的树叶，小桥流水的江南雨景，她都会羡慕得发狂，嚷嚷着"恨不得花钱买这样的天气"，不懂的人或许又会笑她的矫情。

我是懂的。因为，我也在等一场又一场的雨。如果可以，把雨下在周末吧。晴耕雨读。如果是绵绵的小雨，我会为自己煮上一壶红茶，茶里面随意地扔一些水果丁，然后悠闲地躺在沙发上，喝一口茶，翻几页书；如果大雨滂沱，就把窗帘拉得严严实实，打开笔记本电脑，看一部悠长缓慢的老电影；困了，把自己扔到床上去吧，把身体埋进温暖又柔软的被子，睡一个天昏地暗的午觉，如注的雨声就是最美妙的伴奏……

雨，拯救了那些总是无法从家务琐事中脱身，和那些见不得灿烂阳光，大洗特洗、大晒特晒直至把自己累成狗的家庭主妇。以雨之名，也只有雨，才使她们偶尔可以名正言顺、理直气壮地拥有一个完全属于自己的慵懒周末。

等一场雨，似是故人来。

世间所有的不期而遇，都是最好的安排

我们乘坐哐当哐当的绿皮火车去坝上草原旅行，火车抵达四合永小站的时间是晚上 8 点 20 分。

一行四个女人，拖着笨重的行李，从火车上鱼贯而下。我最后一个下车，一叶已经和要来接我们的司机在电话里联系上了。司机说，他的车就停在出站口的马路上，是一辆白色的越野吉普，车牌号冀 ×××××。

在我的臆想中，司机应该举着牌子在接站口等候我们，电视中不都是这样的吗？即使不举着牌子，至少也应该在接站口四处张望着迎接我们吧？然而，一切和我想象中的并不太一样。

我们拖着行李，小心翼翼地穿过刚被大雨侵袭过的路面，绕过一个又一个水坑，在幽暗灯光的指引下，看到了前方停着一辆白色吉普。

若狂走在最前面，她俯身看了看车牌，兴奋地叫我们，是这辆是这辆！

这才看到司机慢吞吞地从座驾下来问，是浙江来的四个人吗？

仿佛见到了亲人一般安心，又有点激动，因为，马上就要到我们此行的目的地——木兰围场的坝上草原了。

在夜色中我粗略地观察了一下我们此行的司机，也是我们的

兼职导游——春亮，很年轻，80后的样子，皮肤黝黑，小平头，个子不高，身材很壮硕，有一点蒙古汉子的模样。

我们问春亮，到达我们入住的酒店需要多久？

春亮说，大概要两个半小时左右。我们惊讶，他又补充，本来是一个小时就能到的，可是刚才我来的时候，路上发生了车祸，一辆大巴车翻了，估计一个晚上都处理不完。所以我们得绕道而行。

既来之，则安之。不就是多了一个多小时的路程吗？我们有伴，可以一路聊天。困了，还可以靠在女友身上打盹。记得有一文友说，只要是出去旅行，哪怕是在路上睡觉，那睡觉也会有着和平常不一样的美妙。

汽车开出车站，穿过小县城，慢慢驶入了附近的村庄。夜色已浓，在汽车灯光的照耀下，只看见路边一掠而过的行道树，时不时，还可以远远地看见路上匍匐着一条狗或者一只猫，懒洋洋的，直到汽车驶近，也不惊慌逃跑，而是立起身子直愣愣地盯着我们。若狂看到猫猫狗狗就有说不完的话，滔滔不绝地和我们讲她家溜溜三番五次的相亲逸事，逗得我们乐不可支，笑太大声了又赶紧收敛些。因为不管我们笑得如何惊天动地，司机春亮都是一副淡定的模样，无论我们说什么，他都沉默着不参与我们的谈话，似乎是个内向寡言的人。这让我们的心有一点点惴惴，因为接下去的几天里，他将全程陪伴着我们。他会是一个好相处的人吗？

夜越来越深了，路边的小村庄也渐渐消失在我们的视线里，汽车驶入了荒无人烟的地段。气温也开始不断下降，前方不知不觉间已升起了迷雾。天地是如此空旷，除了我们这一辆疾驰的汽车，什么也没有。

我们聊天的兴致也慢慢减弱了，连续坐7个小时火车的疲惫感席卷而来，我只觉得我自己快撑不住了，闭着眼睛迷迷糊糊中，似乎听到春亮在打电话，那你们随时做好救援准备吧！

救援？救谁的援？我猛地一激灵，睁开眼睛看伙伴们，一个个安安然然、平平静静的，什么事也没有。

路况越来越差，汽车似乎开进了一条根本不算道的山间小路，狭窄，且颠簸得厉害，小路两旁是黑幽幽的丛林。春亮突然说话，这条路两边都是漂亮的风景，如果是白天，你们就可以下去拍照片。

说到拍照片，昏昏欲睡的我们又有了兴致。要知道，我们此次旅行的重点就是拍照片呀。

四个女人，又叽叽喳喳地聊了起来。在一波高过一波的笑声中，我们忘记了旅途的疲惫，也忘记了此时，已将近午夜。

汽车突然在一片开阔地带停了下来，春亮下了车，四处观察地形，这引起了我们的不安。

回到车上，春亮指着前方说，看到前面的那条河了吗？我们要穿过那条河，过了河，就离我们的目的地不远了。但是目前情况是，河前面的那段路应该都是泥潭。

刚刚还欢天喜地说笑的女人一下子意识到了危险在不知不觉中靠近。小河，还有泥潭！

我们问春亮，要不要下去帮忙推车？事实上这问话里有讨好春亮的念头，汽车两边都是泥潭，我们根本无法下车。

春亮说，不用，你们坐稳！汽车发动机轰隆隆地响起，我们抓紧了车顶的把手，只感觉到汽车油门已经轰到最大，但车子还是"滋滋滋"地在泥潭里打了好几个转，并且越陷越深。

我×！春亮一拍方向盘，将车子熄了火。我们四个女人，默默对视了一会儿，眼神里互相传递着探询、不安，还有一丝丝担忧。

春亮拿起电话，原来他之前已经预料到此刻的险境，提前告知朋友，随时准备救援。

在等待救援车到来的时间里，春亮一反常态地和我们侃起了大山，他把他遇到过的游客的故事，绘声绘色地讲给我们听，我们笑着说这可是非常生动的写作素材呀……空气中弥漫着紧张不安、兴奋的情绪，还有一些些微妙。

此时，坐在车窗边的我，不经意地抬头望了一下窗外，忽见满天繁星闪烁，简直触手可及，我从未见过这么多、这么密、这么亮的星星！春亮说还看得到银河！于是，我们几个女人，争着都把头探出窗外，去辨别银河的方向。

真是被这炫目的美丽惊到了，也许这就是旅行的意义吧？那些时刻撞入的未知、不确定和意外……

在深深的寂静中，我在心里哼起了歌："流星划过的夜晚 / 仿佛是我的诺言 / 我学会勇敢 / 流星飞 / 带我飞 / 我愿意划过你的世界 / 让你的每个愿望都完美 / 流星飞 / 有多美 / 天空映刻闪烁的光辉 / 是我们彼此爱的交汇……"

那一刻，想起了爱人，想起了亲人，想起了朋友，想起了生命中来来往往又擦肩而过的那些人。

头顶苍穹，我们四个女人，就这样完全沉浸在了这无边夜色的浪漫中。那一刻，我们都忘记了恐惧和焦灼，都认为，此生再也不会有比这更浪漫的夜晚了。

救援车也在这时来了！

春亮从后备厢拿出一根手臂粗的麻绳，套在前面那辆救援车的尾部，又把绳子联结在我们的汽车上，大声吆喝，都给我准备好喽！只听见我们的车在泥潭里不停抖动，吼的一声，突然腾空而起。

我们激动地大叫起来，春亮又加大马力，汽车呼啸着冲过了前面的小河。

我们长吁一口气。

然而，还没等我们缓过神，汽车又戛然而停，路况太差，车子又卡在了乱石堆里。

只好继续用绳子联结两辆车。

文艺女的浪漫心开始作祟，我跃跃欲试地问，春亮，我可以下车看看星星吗？

当然行啦！

我兴奋地跳下了车，接着，弦歌也下了车，一叶也下了车，若狂大声喊着，我也要下车！

那就一起看星星吧，那么深邃的夜空，那么闪亮的星星，那么浪漫的夜晚，那么奇特的经历，并不是每时每刻都能拥有的。

夜，好冷，我们四个女人拥抱在了一起，也许，是为了御寒，也许，是为了感受一下彼此的心跳，在那样寂静的荒山野岭里，我们曾如此靠近过彼此。

春亮在后面大喊，你们先往前走。

在车灯的照射下，我们深一脚浅一脚地往前走。我故意落在最后，给前面的三个女人拍下了午夜行走的一张照片，夜色中，裙裾高高飞扬。

汽车慢慢地超过了我们，我们兴奋地在后面跟随着，嘻嘻哈哈，像一群天真不谙世事的小女生。

可是，汽车怎么越开越快，越开越快了呢？

真的越开越快，越开越快，快得迅速就不见了踪影。

怎么回事？他们扔下我们了？我大声地喊叫起来。

不会吧？一叶也开始疑惑，带着一丝丝的惊慌，这是熟人介绍的司机，不会这么不靠谱吧？

弦歌还满不在意地笑话我们，怎么可能呢？他们为了什么呀？

为了什么？我们所有的行李都在车上，我们所有的现金，还有我们四个人的贵重相机……肯定是我们四个人都下车的那一刹那，他们两个人起了歹念！我越说越相信自己的判断：他们不会回来了，在这荒山之夜，我们四个女人被无情地扔下了。

若狂，根本不理会我们的大喊大叫，还在前面拼命地追赶，发了疯似的追赶，而汽车，早已经不见了影子，甚至，看不到一丝丝光亮。

那最后消失的光亮让我们完全陷入了绝望。

所有的联络方式都在一叶的手机里，而一叶的手机，也落在了车上。

恐慌已完全将我们包围。夜，更深更凉了，空旷的山野中，只看得到四个黑影，漫无目标、跌跌撞撞、绝望地向前奔跑，似乎还在期待着，前方能突然出现奇迹。

哪怕能遇到一个陌生的路人，也是一线生机啊！但我们清晰地知道，即使是在白天，在这周围十公里都没有生物的荒郊野地，也是绝少有行人路过，更何况是深夜呢？

刚刚还那么浪漫地以为自己在天堂，怎么转眼之间就到了地狱？唉，我家千帆还没有娶媳妇呢！一直很镇定的弦歌突然幽幽地冒出这么一句，我使劲憋着的眼泪一下子涌了出来，脑子里转过了无数个念头……

一叶脱下了脚下的人字拖，一手提着鞋，一手紧紧地拽着我，像是在鼓励自己，又像是在为我打气，不停地说着，别慌！我们能走出去的！一定能走出去的！

我喃喃自语地背诵着车牌号码，不知道应该先找朋友救援还是先报警，手机快要没电了……我的爱人，我的孩子，我的爹娘，我还能再见到你们吗？

十分钟过去了。

却像过了一个世纪一般，那样的漫长里仿佛走过了我们一生的喜怒哀乐和悲欢离合。

前方突然有了一点点的灯光，那灯光在慢慢地向我们靠近，靠近。

是春亮！是春亮拿着手电筒回来找我们了！

我的眼泪再一次喷涌而出，这一次，是喜极而泣。

事后，春亮对我们解释。原来，两辆车联结在一起上坡的过程中，是不能停的，一旦停了，就意味着之前的努力全部白费，所以他们只有扔下我们绝尘而去……

我们嗔怪着春亮不该一句话没说就"抛弃"我们而去，虽然在看到他回来接我们的那个瞬间，我们就已经原谅了他，并且为我们错怪了他而心生歉意。这世界固然没有我们想象的那么好，可是，真的，也没有我们想象的那么坏。

春亮发出一连串的"对不起"。

接下来的几天行程里，我们和春亮的相处特别融洽。春亮带我们去了之前他从来没带游客去过的地方。那些地方，几乎没有游人，风景却又绝美。但是，这也让我们有了遗憾：我们没有留下四个人和春亮的合影，因为根本找不到路人来帮我们拍。

而当春亮帮我们拍集体照的时候，他会调皮地问，草原美不美？我们大声说"美"，春亮帅不帅？我们咧着嘴说"帅"……

他甚至还开着车把我们带到了山顶（不是盘山公路，而是荆棘小道），站在山之巅，感受着人的渺小和自然的伟大，震撼不已。

最后一天的旅程中，我们大赞春亮车技了得。春亮笑着说，其实，那天开车带我们到山顶，他也是第一次。

我们惊讶，开始你说把我们开到半山腰，让我们自己爬山上去，可后来怎么干脆把车开到山顶了呢？

春亮说，我怕你们自己爬上去，下山的时候迷路走丢了，那我还得到处找你们，所以就壮胆送你们上去了。现在回想起来我自己都怕，以后，我再也不会送别的游人上去了。

我们大笑。

世间所有的不期而遇，都是最好的安排。

有没有那么一顿消夜，能让你忽然想起我

曾经有过一个以为能"永远不分开"的朋友。

我先她一年参加工作，那时我刚毕业，拿着一个月一百多元钱的工资，独自一人在异乡的城市。她家庭条件不好，有一次她寝室遭窃，仅剩的生活费也被洗劫一空。我把一个月的工资一分为二，从邮局给她汇了过去，汇款附言里写：别担心，我工作了，以后我的工资有你一半。

我们给对方写长长的密密麻麻的信，诉说着各自的快乐和忧伤。

不喜欢的人在纠缠我，我不堪其扰。而她呢，也恋爱了，很快，却又失恋。

我们望穿秋水地盼着各自的回信，终于有一天，信件已经寄托不了我们的牵挂。她从学校坐末班车来我的城市看我，一下班，我就跑去车站等她。

车子到站的时候，已是晚上七点半了。正是冬天，我们冷得瑟瑟发抖，看到彼此，就眼眶发酸。我们第一次旁若无人地在车站抱头痛哭，也不知道哭了多久，饥肠辘辘，我拉着她去吃东西。

穿遍这座城市的犄角旮旯，终于在一条小弄堂，找到了一家

卖家乡米线（是我们读书时最爱吃的食物）的小店。街灯影影绰绰，小店的灯光昏黄，老板说着亲切的家乡话，锅子里噗噗地冒着热气，两个眼睛红肿的女孩对坐举箸，呼哧呼哧地吸溜着米线，食物的温暖和美味让我们暂时忘却了痛苦和忧愁。

后来，因为一件事情，我们的友谊结束了。曾经约定"天长地久"的友情，就像那个夜晚米线的滋味，即使后来的我吃过无数次的家乡米线，却再也找不回当初的味道。

我很少想她，是在刻意地回避。前不久，看那部很"丧"的日剧《四重奏》，里面有一句台词：哭着吃过饭的人，都是能够走下去的。

猝不及防，我的眼泪就掉了下来。在寂静的深夜，我对着电脑屏幕喃喃自语：哭着一起吃过饭的人，也是会分开的。

2012 年，传说中的世界末日并没有如期而来。为了庆祝我们平安地活了下来，群里的闺密决定在那年的最后一天去泡温泉。

那晚，我们坦诚相见，共泡一池汤，共躺一板石。我们还比了比腰围，量了量小腿，看了看锁骨、蝴蝶骨、马甲线……甚至还展露了彼此的小伤疤。

温泉池内，热气氤氲；温泉池外，天寒地冻，唯一遗憾的是那晚没有下雪。尽管如此，我们仍然兴致盎然，从一个汤池泡好，披上挂在一边已冻得快僵硬的浴袍，又欢乐地跳进另一个汤池，直到一个个泡得面色绯红，感觉身上的热量已足以抵挡住一切的寒冷。

泡完汤，离新年也越来越近了，闺密提议去吃消夜一起等待新年来临。关于消夜，闺密有一套奇妙的理论，她说，晚上聚会后不吃消夜，就好像一句话没有说完，一篇文章没有结尾，一场聚会没有道再见。

　　我们乐不可支，愉快地接受了她的建议。开车到了城里最火爆的夜宵店，虽然已是深夜，夜宵店依然坐满了食客。我们一人一碗牛肉粉丝汤，又点了两客生煎。其中一个坚决晚上不吃任何东西、意志坚定的闺密，在我们的挟持下，也终于象征性地挑了几根粉丝到嘴边……

　　回家的路上，新年的钟声如期响起。车窗外，烟花璀璨，爆竹声声不息。我们坐在车里望着窗外，格外平静和宁静。许是泡完汤吃完消夜的我们已经累了，许是我们在心里默默地感叹着，还能和好友一起，看着这个美丽的世界，是一件多么幸福的事情。

　　孩子高考结束的那个夜晚，接到闺密电话，约我一起去喝酒消夜。

　　不知为何，那些在孩子高考前曾热切盼望着要扔下孩子去狂吃、狂喝、狂玩的欲望，在孩子高考结束的那一刻，也随之一起消失了。

　　仿佛就是在一夕之间，我失去了一切兴致。

　　无论那个闺密怎么诱惑我，我都拒绝了。

　　事后，看到闺密和另外一个朋友一起消夜，还发了朋友圈：有一个随叫随到的朋友真是幸福。

我突然有一丝后悔。

想起也是这个闺密，曾经在一个下着大雨的夜晚，突然发狂似的想要吃淮南牛肉汤。群里的闺密被她一一撩了个遍，最后大家同意陪她一起疯狂。我们各自从家里步行出发，约定在某个地点集合，再一起手拉着手去牛肉汤店。

那晚的牛肉汤什么滋味我已经淡忘了，只记得那个夜晚，大雨，微凉，深夜的牛肉汤店依然点着温暖的灯光。四个女人围坐在一桌，看着老板把牛肉、牛杂、粉条、包菜等各种食材放进门口那个永远咕嘟咕嘟升腾着热气的大锅，我们有一搭没一搭地聊着天，像孩子一样嘻嘻哈哈。

吃饱喝足，尽管夜已深，尽管第二天要早起上班，可是在这个偌大的城市，想到始终有这些能随叫随到坐在一起消夜的友人，再孤独的内心也像是有了盔甲。

食物，是我们获得幸福感觉最快捷的方式，但很多时候，让我们念念不忘的，并不是食物本身，而是食物背后的一段段往事：那个和你一起泪流满面吃一碗面的女友，那个陪你一起微醺的朋友，那些陪你一起消夜的闺密……

写到这里，突然很想打电话给她：

"晚上一起消夜吗？"

十年，谁不是一边挣扎一边笑着流泪

许久没有遇见二楼的女邻居，直到那日，看见两个陌生人在她家进进出出搬东西，心里闪过疑问，她搬家了吗？

十年前的一个深夜，在我们居住的小区附近，发生了一起惊悚的两大帮派打架斗殴事件，其中一帮的老大被当场刺中数刀身亡。

原本，这种充满暴力的社会新闻和我们普通老百姓的生活是遥不可及的，但第二天下楼时，隐隐觉得有什么不对，二楼门大开，门外的楼道里围着好几个人，隐约可以听到屋内传来嘤嘤的哭声，一楼外面，几个邻居在指指点点，依稀传来他们的窃窃私语：

"听说身上中了好几刀呢！我早说过这种混社会的是没有好下场的。"

"那个女的是和他同居的，还没有结婚……"

"他父母都是高级知识分子，唉，宠子不孝呀。"

断断续续拼凑出了故事梗概。

二楼的男主人，好几次在楼道里和他擦肩而过。夏天的时候半裸着上身，脖子上挂着一根很粗的金项链，手臂上有黑色的文身，戴一副黑框墨镜，我没来由地就有点怕他，根本不敢和他对视，而是自动把自己缩成最小，躲在楼道里给他让路。

彼时我并不知他是真实存在的黑帮老大，我也没有想象到现实和电视剧竟然如此雷同。事后我禁不住后怕，幸好平时没有惹过他。

黑帮老大有一个同居女友，长得并不惊艳，也不是传说中的那种娇媚、飞扬跋扈的女人。他们两人养着一条黑色的大猎狗，我并不知狗的品种，因为它很凶猛，就称之为猎狗吧，猎狗外形酷似它的男主人，都是令人望而却步的一类。

小两口在家的时候，猎狗就关在二楼平台他们自己搭建的玻璃房子里，整天凶神恶煞般地狂吠，有时半夜都会被它的叫声惊醒，不堪其扰。

但厌恶归厌恶，倒也没有憎恨到希望他去死的地步，除了感慨，也不禁一声叹息。

葬礼过后，楼道里遇到他的父母，一身黑衣，神色严峻中满含伤痛，中年丧子，内心的痛苦自然不言而喻。

至于他的同居女友，我们都猜测，过一段时间，她就会离开吧？

然而并没有。她一个人留在了二楼的这套房子里，眼见着她的腹部，一天天隆了起来。原来，她已经有了他的孩子。

一个还没有出生，就没有了父亲的孩子。

邻居们少不了在一起说说闲话，我的耳朵里也时常飘过一些风言风语：

"肯定是拿孩子要挟他的父母了，你们看着吧，她生了孩子后肯定拿一大笔钱走人。"

"是他父母哀求她留下孩子的，毕竟儿子没了，能留下孙子（女）也是寄托啊！"

"女的是外地乡下人，说只要她肯生下孩子，这套房子就归她了，以后她要走要留都随她。"

我也觉得邻居们的推测不无道理，毕竟她只是一个同居女友，她还是未婚，她真的愿意做一个未婚妈妈吗？

每个人都在凭自己的猜测冷眼旁观着事情的走向。

黑色的大猎狗不久之后也不见了，应该是被送走了吧。楼道里恢复了平静，生活也重新回到平淡的轨道，那件骇人听闻的新闻没多久就平息了，仿佛从来没有发生过一样。

倒是男主的母亲，频繁地过来这边了。

有时手里拎着一些鸡鸭蔬菜，有时是一袋水果，有时是一箱牛奶。有一次我看见她俩有说有笑地走出楼道，男主人的母亲温和地扶着女人不再纤细的腰，女人表情温柔恬淡。

那一刻温馨和美，似乎往事已了未来可期。

不久之后，女邻居生下一个女儿，据说是在男主人父母家里坐的月子，满月之后，女邻居抱着宝宝回到了二楼居住。

大家都似乎在等着看一个结果。

一年，两年，三年……

她并没有如任何人推测的一般，生下孩子就离开。

男主人的父母也在同一个小区买了房子，经常过来照顾她们母女。

女邻居应该是没有工作，时常看见她不施粉黛，穿着家居服，牵着女儿的小手在小区里散步；或是奶奶推着小推车，送她们回家，其乐融融。那个小女孩，可爱伶俐，眉眼间依稀有男主人的影子。

有一天，看见女邻居像换了个人似的让我眼前一亮。仔细一看，她化了妆，红唇耀眼，一头鬈发披在肩上，高跟鞋衬托出她美好的身姿，一瞬间的直觉，她应该是恋爱了。

毕竟，她还那么年轻。

恋爱之后，她会离开这儿吗？她会带女儿一起走吗？偶尔，我会自作主张地设计一下她的故事。

但我给她设计的美好的恋爱似乎并没有持续很久，她又恢复了日常的家居服打扮。

五年，六年，七年……日子就这样看似无波无澜地滑过一天又一天。

一晃，女孩竟然上小学了。读一年级的那个早晨，我看到她们母女俩手牵着手，小女孩穿着校服，白衬衣领口扎一个小小的蝴蝶结，下面是一件格子小短裙，乖乖巧巧的煞是可爱，女邻居化淡淡的妆，温温柔柔的目光总是停留在小女孩的身上。

她抬起头的某个瞬间，正好与我的目光对视，我自然地嘴角上扬，她也羞涩地抿了抿嘴巴。

记忆中这是我们第一次相视而笑，后来我时常想起这一幕，心中是平静，还有对生活的释怀。

那时我以为，她应该是会长久地留下了。

十年光阴倏忽而过，她的女儿，今年应该读三年级了吧？

我们在同一幢楼里做了十年的邻居，我们从不曾说过一句话。

好多次面对面相逢，我都想唐突地请她喝一杯咖啡，听她说说话，说说她的曾经，说说她的现在，也说说她的未来。

可是之前我不敢，是因为怕触痛了她心中的伤痕；之后我不敢，是因为我胆怯了，我有什么资格去窥探她的生活，去打扰她的平静呢？

十年，四楼的邻居生了第二个小孩，三楼的邻居买了别墅搬了家，对门的邻居离婚又结婚，他新婚的妻子如今是个孕妇。

十年，人各有命，运如潮汐。有人飞黄腾达，有人平凡庸常；有人幸福美满，有人支离破碎；有人还在背井离乡追逐梦想，有人安守一隅知足常乐。十年，谁不是一边挣扎一边笑对；十年，谁不是在这世间沉沉浮浮地活着。

我最终没有按捺住牵挂，很奇怪我用了"牵挂"这个词语。是的，淡淡的牵挂，对一个从来没有过语言交流的、熟悉的陌生女邻居的"牵挂"。

我走进了二楼敞开的家，两个陌生人抬头看我。

"你们是新搬来的吗？这家房子卖给你们了？"

"是的，是的，以后我们就是邻居了。"

"噢……你们知道她搬去哪儿了吗？"

"不知道……"

再见了，我熟悉的陌生人，只愿你今后的生活再也没有惊涛骇浪。

早晨闹钟一响能够马上就起的人，不是心肠硬

晚上睡觉前，我去厨房把电饭煲的插头插好，按下"煮粥三小时"的键，检查了鸡蛋、培根、肉松等食材，已在厨房各就各位，明天早上，我只要拿出冰箱里的手抓饼，用不粘锅煎好，再煎鸡蛋、培根肉片，裹上肉松一卷，配上一碗软糯香甜热乎乎的血糯粥，就是我给小马做的一份营养全面的早餐。闭上眼睛之前，我又拿起手机，闹钟的开关正常，嗯，可以安心睡觉了。

非双休日的早晨，我的闹钟都定时在5:40或者更早。我没有准备好几个闹钟的习惯，也不会设置闹钟提前半小时或者十分钟，给自己一个眯眼过渡的时间。每天清晨，只要闹钟一响，哪怕前一秒我还在美妙的梦境里，我都会第一时间伸出手关闭闹钟，然后迅速从被窝里直起身子穿衣起床。从闹钟响到我穿衣，我绝不会耽搁一分钟。我的早晨，一个人就是一支训练有素的队伍。

曾经看到过这样一句话：早晨闹钟一响能够不赖床马上就起的人，他的心肠比较硬。我嗤之以鼻，我只想说，说这句话的人，他肯定不是一个父亲或者母亲，他肯定没有要早起上学的孩子，他也肯定没有用心为孩子做过早餐。所以他不懂，每一个早起的灵魂里，都有一颗柔软至深的爱子之心。

小马从小学、初中到高中，我起床的日子也越来越早了，我为小马做的早餐品种也越来越丰富了。结婚以前，我是个十指不沾阳春水的娇小姐；结婚以后，我也是个远离庖厨的懒婆娘，一直到小马上学，我突然就觉悟了，开始华丽丽地转身。我甘之如饴地为他做每一顿丰盛的早餐，他穿鞋的时候，我就帮他把杯子、水果、牛奶放进书包，然后帮他背上书包，轻轻地给他一个拥抱，目送他的背影消失在楼梯上。

前几天看庆山的微博，她花了4小时学做了一锅罗宋汤，小姑娘很喜欢吃。她说："做食物是个永恒的爱的表达。没办法，你爱这个人，你就一定会做东西给他吃。"其实我还想加一句：没办法，你爱这个人，你就一定会起得很早很早，然后做东西给他吃。

至于小马走后，马不停蹄打仗一样的节奏就慢下来了。这个时候天还微亮，我在厨房清理战场，习惯性地看对面楼房亮起的灯，那些亮着的窗户里，一定也有和我们家一样要上学的孩子吧？不知道他们的早晨，又有着怎样活色生香的故事呢？

收拾完厨房，我开始抹尘擦地，这也是我每天早晨的功课。我喜欢一早就把家打扫得干干净净，这样一整天的心情也会是干净的。坐在干干净净的书房里，离上班还有一小时的时间，那是我安静的晨读和做读书笔记的时光。

每天早晨，都在这样井井有条中忙碌又丰盈地度过。有人说，这样当妈真是太辛苦了。其实，哪里会苦呢，我感受到的，只有充实丰富和欢喜自在。

羡慕妈妈有女儿，而我没有

"如果你是女儿就好了。"我总是毫不避讳地在小马面前说这句话。

好在小马抗打击能力比较强，他也知道我只是说说而已，因为他清楚地知道，他老妈此生是不太可能会拥有女儿了，所以他总是噘起嘴，眼神睥睨，然后拉长音——一天到晚女儿女儿，切……

孩子爸有点大男子主义，虽然嘴上说男孩女孩都好，可骨子里有严重的重男轻女思想。所以，只有我一个人有生女儿的强烈愿望。我都不知道我暗地里祈祷多少回了，挺着大肚子在商场看小孩子衣服的时候，特别爱看小女孩的那些，然后想象我的天真可爱美丽无邪的小女儿穿着它们，娇艳活泼的模样，情不自禁就陶醉了。

只有在推进手术室的那一刻，才突然心生恐惧：娃不会缺胳膊少腿吧？不会先天不足吧？那个时候脑子里才只剩下一个强烈的愿望：拜托一定要给我一个健康的孩子，甭管男孩女孩都行。当孩子"哇"一声啼哭，医生在我耳边说是个男孩子，平安健康，我悬着的一颗心慢慢放下，但心头随即升起无尽的失望：怎么不是女儿啊！

如果有个女儿……常常一个人默默地念叨，默默地遐想。而这样的感觉，在妈妈生病那段日子里，达到了高潮。

　　为了方便我照顾妈妈，妈妈要去医院开刀前，哥哥就把妈妈送到了我这儿。开刀的前一个晚上，我陪着妈妈去散步。那个晚上，妈妈紧紧地握着我的手，就像小时候，我紧紧地握着她的手一样，紧紧的姿势里有着无尽的默默的依赖。那一刻，我突然感受到了身上的责任，能这样贴心地陪伴着自己的妈妈，能让妈妈感觉到踏实和依靠，那是我身为一个女儿的幸福。

　　妈妈住院了，每天晚上我都在医院陪着妈妈，妈妈不能下床，我给她擦身，给她端茶喂饭；她腰酸，我给她按摩；她无聊，我陪她聊天……病友羡慕妈妈并说，有女儿真好……

　　是的，有女儿真好。当妈妈出院，身体恢复，我第一次陪着妈妈去跳早舞，妈妈的舞友们又羡慕着说，有女儿真贴心。妈妈笑得像花儿一样，那一刻，连我都有些羡慕妈妈，因为妈妈有女儿，而我没有……

　　有女儿，就可以手牵手一起逛街。但我没有，只能死乞白赖、费尽心机诱骗臭小子陪我逛街。

　　我挽着臭小子的胳膊可他使劲地想要摆脱我，我一遍遍地试穿衣服问他，老妈好看吗？可他头也不抬，还非常不耐烦地说"不知道，不知道"，我刚要怒目圆睁，店员解围说：这是你儿子啊？不知道的还以为你们姐弟俩呢？顿时心花怒放，才不管人家是真心话还是营销策略。

　　心情舒畅了，我决定请小马去吃烧烤，因为我突然发现，在这个美好的一天，我实现了我的两个人生愿望之一，那就是当我人到中年的时候，我和儿子一起逛街，有人说我们是姐弟俩。

小马问，那你的另外一个人生愿望是什么？

我无限惆怅地望着小马，另外一个人生愿望嘛，就是当我人到中年的时候，我和女儿一起逛街，有人说我们是姐妹俩。

刷微博，看到朋友新发的一条："早上送孩子上学，可可一看到要好的同学就开始大叫，我停了车，她立刻风一样地追同学去了。看这样的小孩，常常感受那种旺盛的生命力。豆豆不同，她通常都淡淡地、安静地微笑着，像一朵安静的莲花。"唉，还能不能愉快地玩耍了，这又是在让我羡慕嫉妒恨的节奏呀。羡慕归羡慕，我还是正儿八经地点评："你两种类型的女儿都有了，完美无憾。"朋友秒回："有儿子就完美了。"

好吧，人生永远没有完美。我还是好好和我家小马愉快地玩耍吧。

千江有水千江月，深知身在情长在

　　一晚上的时间读完台湾作家萧丽红的《千江有水千江月》，掩卷，怅然若失。

　　整本书都是一种淡淡的笔调，写一个大家族的琐碎日常，乡里乡情，写贞观和大信亦浓亦淡却没有结局的一段情……文友弦歌说，读此书她自始至终想要流泪，而我，却仿佛坠入了一张温暖的网中挣扎不出，这张笼罩我的细网，弥漫着氤氲的乡愁，剪不断的亲情，还有那一份含蓄真挚最终却失之交臂的爱情。

　　萧丽红笔下的台南乡间，一个叫布袋的小镇，充满了朴素的世情之美。在作者清婉的文字下，世俗的生活是那般诗意。也许生活本身即是诗意的，只不过世人粗俗匆匆的心体会不到那样的美。她写七夕节搓的圆子，和冬至节的圆子是不一样的。七夕节的圆子只能是纯白米团，搓圆后，再以食指按出一个凹来……为什么要按这个凹呢？因为这个凹是要给织女装眼泪的；她写新娘子在过门后的第一个端午节，要亲自做好混着各种香料的馨香，分送给邻居小孩；她写中元节阿婆烧纸，纸钱即将化过的一瞬间，伊手上拿起一小杯水酒，沿着冥纸焚化的金鼎外围，圆圆洒下——沿着圆，才会大赚钱；她写阿嬷取一片蟾蜍肝叶疗毒，还要一线一针，将蟾蜍染血的肚皮缝合起来，因为只有它们好好地活跳着，脸上的大毒疮才能好起来……朴拙的民情习俗，原来是这般深远耐看，是愈了解，愈得知它的美……

乡村的生活，是琐碎的，也是井然有序的。无论身在何处，故乡还是故乡，她永远具有令人思慕、想念的力量。贞观在嘉义读了六年的中学，可是每次想起来，仍觉得这个城市飘忽不实，轻淡如烟。那些和兄弟姊妹舅舅一起去鱼塭捉鱼，一水一月，千水即是千月的凌晨；那些阿嬷陪伴着，有永远说不完的故事的深夜；还有跟着外公读书，背的《千字文》《三字经》，让她每读一遍，便觉得自己再不同从前，是身与心，都一次又一次地被涤荡……

贞观和大信的爱情，也始于这个平静的小镇。经年以后，在台北重逢，回忆起他们的初见。大信始知，贞观竟然默默记下了他的生辰，而大信，也因鱼鲠在喉记住了那个帮他找来麦芽糖的女孩。一封封的书信往来，不由得想起木心"从前的日色变得慢 / 车，马，邮件都慢 / 一生只够爱一个人"。

贞观和大信是怎样相似的两个人哪！是贞观看到了书信，竟然会想"这不是我自己的笔迹吗"的那个人；是她说了前半句，大信即能毫无隙缝对接的那个人；是在她识得大信之后，从此连自己的一颗心也不会放了，是横放也不好，直放也不好的那个人……就连贞观自己亦会生出惶恐：两人这般相似，好固然是好，可是要是有那么一天，彼此伤害起来，不知又会怎么厉害？

不要誓言，不要盟约，贞观要的只是心契。只是哪，爱越深，相知越深，却越是受不了一丁点的委屈和难受。因着一件小事的误解，贞观和大信的爱情，始于书信，也终于书信。是爱得不够深，抑或爱得太深？直到最后，生生把彼此的心弄碎。"对贞观而言，人生所有的苦痛和甜蜜，都是大信教给她的。在这之前，少女的心，也只是睫毛上的泪珠，微微轻颤而已。"

"听说你喜欢凤凰花，见了要下来走路，极恭敬的，如此心意，花若有知，该为你四时常开不谢。"这是大信写给贞观信中的一句，也是我极其喜欢的一句。

言念君子，温其如玉。或许两个对的人，终究没有在对的时间里相遇。那么结局，只有一个：分离。

是时候离开台北了，离开这个有她深爱着的男子的故乡，回到她自己的故乡。唯有故乡是不会辜负人的，是死生不知，三十年没有消息的大舅负疚也要回的故乡，唯有故乡的人，故乡的情，才是医治伤口、平复伤口的良药。

千江有水千江月，深知身在情长在。在看望在山上修行的大妗离寺下山的路上，贞观获得了彻悟和宁静，所有大信给过她的痛苦，她都会将它还天，还地，还诸世间。

"有什么不可以原谅的呢？生命中的那些负疚欲望爱恨情痴终究都会化成尘烟……纵然不知原谅什么，诚觉世事尽可原谅。"

或有一日，这个故事能被拍成电影。我想着贞观就由江一燕来演吧，她清淡的气质或许比较符合。至于那个拙朴、干练、聪明、浑厚、相貌堂堂的泱泱君子大信，我想没有比靳东再适合的人选了。然，靳东的大气似乎也不太会似大信最后的不告而别。罢罢罢，这已然不是我应该思虑的事了。

在变幻的生命里，岁月，原是最大的小偷。

早晨 6:50，学校附近的最后一个十字路口，黄灯闪烁。

轻踩刹车，车子缓缓停住，一个身穿黄色马甲的清洁工从人行道左边走过来，只见她四顾张望，迅速冲进马路中央，用手中的大钳子把飘扬在马路当中的一个塑料袋夹进了另一只手拎着的黑色大垃圾袋中。

清洁工是个四十多岁的中年妇女，矮、胖，脖子上经常裹一条黑色的绒线围巾。每天的同一时刻，都能看到她穿过此人行道。此时，右边左转的车辆行驶进待转车道，黄色马甲还在马路中央逡巡，我的心不由自主地提了起来……绿灯亮了。我缓缓加速，车子"沙沙沙"滑入马路，黄色身影消失在我的视线。

早上7:40，菜市场。

每天固定的采买路线：鸡鸭鱼肉、豆制品、蔬菜。前两者随机购买，蔬菜固定选择一家夫妻档，丈夫身材魁梧，爽朗大气；妻子娇小玲珑，温柔灵巧。

点头，微笑，从蔬菜摊上摞着的一堆塑料篮子里拎出一个，菠菜、青红椒、香菇、洋葱、红薯……——放进塑料篮，排队待称。

整个菜市场，其他蔬菜摊前零零落落，唯这一对小夫妻摊，门庭若市。

本不爱挤热闹，只是习惯性地在这一家购买。不知何时起，他家的生意变得如此火爆。

买菜并不问价，旁观其他顾客，竟然也没有一个问询。

轮到我的篮子，上秤，动作利索行云流水，算好价钱，总是整数，接过袋子，上面一大把每天赠送的香葱。

月中，手机会收到一条短信：您的快件（单号）已经放在阳光小店，请您尽快去取，谢谢！落款是某某快递。

每次都会回复：知道了，谢谢你！

快件是某协会一月一期的杂志，而快件到达的时间段里，家里总是没人。

短信沟通后，说定每月的会刊都放在家门口的阳光小店。

看短信记录，每月的内容，除了单号，几乎一样。而我的回复也始终如一。

有时会好奇，号码背后的主人，是高是矮，是胖是瘦，是活泼还是内向。

晚上 7：00，散步。

每天走相同路线。出小区右拐，穿过临街的各色小店铺，道路尽头是车水马龙的十字路口。

穿过这个路口，就是安静的散步区域。

固定在这个路口遇到一女子，短发，总是穿裙子，球鞋，和我一样，耳朵里塞着耳机。

有时我在马路这端，她在马路那端，看不清我们的视线有无交会；有时我们恰好在人行道上擦肩而过，依稀闻到她身上飘过来的香水气息。

她在听什么歌呢？她是已经散完步回家了？还是，她的散步方向和我相反，她喜欢去往喧嚣，我喜欢去往安静？

晚上 7：50，面包房。

孩子一周的早餐，有一天是面包。我会选择一款切片面包，回家自己加工成三明治。

买面包前，照例先欣赏一下面包房的蛋糕。已经选好了孩子的生日蛋糕。

但是，或许在孩子生日前有新款蛋糕出品呢？

这个喜欢浏览蛋糕却总是买切片面包的女人，是面包房的姑娘眼中熟悉的陌生人吗？

又是 15 日。

收到短信：您的快件我已经放在阳光小店，麻烦您亲自取一下，谢谢！某某快递。

回复短信的瞬间，突然觉得有什么不对。慢着，确实有什么不对。

这是一条第一次收到的短信，并不是在上月的那条短信后面——也就是说，这并不是一直给我发消息的那个快递员。

是他们送件的区域更换了，还是，之前的那个快递员，更换工作了？或者，他已经不在这个城市。

今晨下雨了。红灯。

熟悉的一幕又像电影一样上映，一个穿黄色雨披的身影慢慢出现在我的眼前，只是在她回头的瞬间，我有些诧异，虽然挡风玻璃上雨水模糊，但我一眼认出她并不是一直在这条路上的那个中年女子。

发生什么了吗？只是一瞬间的闪念，绿灯亮了。

今天仿佛是昨天的重复，无波无澜。但总有一些什么，在不知不觉、不动声色中悄悄改变。生命中来来往往的人，由陌生，到熟悉，又重新变为陌生。莫名想起那句台词：在变幻的生命里，岁月，原是最大的小偷。

心中有爱的人，会用食物去疼爱他所深爱的人

　　一直以为我是一个没有乡愁的人。从我自己的小家到妈妈家只有 60 多公里，想家了就自己开车回去，不到两小时就到了。直到小年夜那天，我还苦闷地在公司上班，接到大哥的电话，声音欢快无比：妹妹，我们已经在回家路上了，你抓紧时间赶快回来！挂了电话，我已经无心工作，四周的空气也仿佛兵荒马乱起来，乡愁在那一刻汹涌而来，多想长出一双翅膀，飞到远方那个有爸爸妈妈在的吵吵闹闹的、温暖的老家。

　　想想我们兄妹三人，其实年三十都集中在父母家过年的次数，屈指可数。大哥和我居住在一个城市，因为经营着一家酒店，越是逢年过节他就越是忙碌。这些年，他几乎没有正经吃过一顿年夜饭。而我呢，也总是夫唱妇随，一直跟随先生去婆家过年。元旦时，大哥说，酒店今年不再接年夜饭的订单了，他只想带着嫂子和侄女回家好好过个年。我和先生商量，难得大哥回家，索性我们也一起回去吃全家团圆饭了。先生也是个爱热闹之人，拍手叫好。

　　爸妈得知我们都回家过年，高兴坏了，早早地就开始置办起年货。苹果、梨子、沙糖橘这些家常水果自然必不可少，平时舍

不得吃的车厘子也买了两箱。坚果品种众多，大家都爱吃的山核桃，居然买了整整十罐，说吃不完就让我们带走。最不可思议的是，二老竟然还准备了网红美食"豆乳盒子"，说这是专门给孩子们买的，真可谓是与时俱进了。

老爸快 80 岁了，可疼起孩子来可一点不含糊，年前下了好几天的大雪，他竟然还特意跑了一趟附近的羊场，买了一头小羊，只因为小羊肉是大哥的最爱。我爱喝老鸭汤，老妈就托了人从乡下买了五年的老鸭子……厨房是每天都要开好几锅的，卤了牛肉、牛肚、猪舌、猪耳朵，还做了百来个蛋卷和肉圆子。为什么要做那么多呢？因为过完年，老妈就会把这些东西分成三份，每家一袋带走。

年三十这天，我们一家三口是最后抵达的。人来疯的小狗皮皮张牙舞爪地扑上来迎接我们，用它独有的表达爱意的方式把我们每个人身上都舔了一遍。平时冷冷清清只有两个老人和一条狗的屋子，这一刻已经变得特别拥挤，说话声此起彼伏，热闹得像进了超市。熊孩子们都乖乖的，陪着老爸在客厅看冬奥会，老妈和嫂子们在餐厅包豆沙馅的春卷，大哥在厨房握着剪刀，正声势浩大地和两只珍宝蟹做斗争。

11 口人的家，终于在年三十这一天圆满了。我兴奋地窜来窜去拍照片，拍视频，心里被浓浓的温暖包围着。那些我们习以为常的亲情，其实就生长在这些平淡至极的日常里，只在节日才难得表露。

下午五点整，大哥吆喝着让我们开席。往年这个时候最忙碌的老妈舒舒服服地坐在了餐桌上，笑得已经合不拢嘴。红烧小羊肉已炖得酥而不烂，老鸭汤澄清香醇，卤水拼盘卤味醇厚鲜香可口，春卷皮薄酥脆馅心香软，拍黄瓜每年都是老爸出品，我们照例都是赞不绝口……

而大哥带回来的海鲜大餐更是把年夜饭的气氛烘托到了高潮，虫草鲍鱼汤，干炒珍宝蟹，清蒸多宝鱼，二哥自告奋勇要求上场，原来是从《中餐厅》的黄晓明那儿学了一道茄汁大虾。平时滴酒不沾的我也申请喝了一杯红酒，晕乎乎地傻乐着，父母身体安好，一家人团团圆圆地围坐在一起笑着聊着，此生心安已无所求。

等大哥上桌，老妈不知什么时候悄悄回到了厨房。我知道老妈一定是去做她的拿手绝活"鸡蛋年糕"了，这是我们家的一道祖传年菜，是从外婆手里流传下来的。摊鸡蛋的年糕一定是要纯糯米的年糕，不然鸡蛋就粘连不上去。说是鸡蛋年糕，其实佐料里除了鸡蛋，还有大葱、冬笋和新鲜的猪肉。冬笋切成丝后先要大火爆炒，不然笋就会涩，大葱切碎加到鸡蛋液里搅拌均匀，鸡蛋当然是多多益善。

佐料炒好盛出先放一边，锅里加足够的油煎年糕，火候是关键，火大了年糕会煎焦过犹不及，火小了年糕煎不熟，煎的过程要不停地翻面，直到年糕变得绵软，迅速倒入佐料，一份成功的鸡蛋年糕是要在年糕的每一个切面都能均匀地吃到丰盛的佐料，这个时候就是考验手臂力量的时候了，需要不停地用铲子翻转年糕。

看似简单的一道食物，要想做好却并不容易，至少我尝试了几次都以失败告终。或许是因为我还有依赖吗？但我知道我最终一定会学会，就像当年老妈从外婆手中学会了这道美食。心中有爱的人，都会用食物去疼爱他所深爱的人。

吃着细腻绵软香气四溢的鸡蛋年糕，年夜饭在恋恋不舍中到了尾声，我的心也像这糯米的年糕一样绵软安宁。人到中年，已经被生活折磨得越来越沉重和矛盾。恐惧过年，却又无比依恋只有过年才有的热闹温暖的氛围。父母日渐老去，还能陪伴我们多久呢？我的乡愁，就是我永远割舍不断的亲情啊。那些和父母亲待在一起的琐碎细腻、人间烟火，才是最真实、最幸福的生活本身。

想起我很喜欢的电视剧《请回答1988》的一段旁白：你终于明白安稳的生活是多么可贵，窗外的雪松和炉火上炖着的汤，满屋的光影和太阳的香，清晨去骑单车逛菜场，夜晚来踏月聊天还歌唱……

我已不年轻，而你还健康

中午简妮接到大哥电话，说妈妈体检结果出来了，有一个指标不乐观，现正在医院做活检复查，医生说妈妈年纪大了，怕活检后大出血，要妈妈住院。

怕简妮担心，大哥轻描淡写地安慰她，放心吧，没事的，我和爸都在医院陪着呢，只要晚上没事，妈明天就能出院。

放下电话，简妮有些心神不定。年终的数据和报表这几天就要截止申报，算起来她已经加班快半个月了。而此刻，她的脑袋里一团糨糊，索性把眼前的报表挪到一边。

上网百度妈妈体检的那个结果，更是让她心惊肉跳，她一分钟都在办公室待不下去了，她要立刻、马上回家！回娘家！

两小时后赶到小城的医院，老爸和大哥都在病房，妈妈也神情安宁，简妮悬着的心终于放了下来。

第二天妈妈出院，简妮就带着老爸老妈回到了她所在的城市。小城的医生说从检查结果来看，暂时还不是很危险，可以手术治疗，也可以保守治疗。简妮不放心，她要带妈妈去专业的大医院复查。

手头的工作堆积如山，且都是十万火急火烧眉毛的事，去他的！简妮愤愤地想，十万火急十万火急，比我亲妈的身体更十万

153

火急吗？只要我妈能好好的，哪怕加几天几夜班都无怨无悔！

去医院那天妈妈仍然早早地起了床，给他们煮好了稀饭，做好了葱油饼，简妮悔得想要敲打自己，怎么能让生病的妈妈起来做早餐呢？而且妈妈遵医嘱，当天是不能吃任何东西的。

简妮想叫老爸在家待着，别去医院了。妈妈要去检查的是妇科，大老爷们是不让进的，去了也只能在外面干等。可老爸早已戴好帽子，拎着他的保温杯，看样子是早已做好在外面的椅子上等一上午的准备了。

看着老爸老妈亲亲热热地挽着手，简妮暖暖的，眼睛却酸了。想起前不久公司的一位女同事，和她同龄，有一天好端端地在公司上班，突然接到电话，说她母亲心肌梗死过去了。

事情过去好几天后，女同事来她办公室拿资料，她小心翼翼地提起此事，同事说，好像有预兆一样，在她妈妈去世的前几天，她带她妈妈去剪了发，还给妈妈拍了照片，同事还和她先生说，妈妈剪了头发真好看，我妈真是一个清清爽爽的老人呢。

谁想到呢？才几天而已，就阴阳相隔。

同事说，最不能接受的是，之前回妈妈家，妈妈早就做了好吃的等我们了，觉得自己还是女儿，还是有妈妈可以依赖。现在呢，没有了，回家已经没有依靠了，灶台冷冷清清的，我爸还等着我照顾……从此以后，我就是一个没妈的人了。

同事揉着眼睛说不下去了，简妮也泪奔。

又想起那天和文友聊天，文友说想换房子，可是换了房子手头就没积蓄了。简妮说怕什么呢，还年轻，还每天有钱在赚。文友说，不能不怕啊，她是经历过事的人，她爸病重住 ICU，一天就6000 多元，而且妈妈也曾经得过重病，虽然在康复中，但心里始终不敢放松。聊到最后，朋友泪流满面，说她 30 岁时就经历了很多本该四五十岁时才面对的事，每一天都活得很恐慌。

那一刻简妮觉得，她是多么幸福。因为她从小到大，不，从小到成年到中年，还一直是父母手心里的宝，呵护着她从未受过一点点的风雨。

想起她每次回家，老爸早就从超市买了大包小包她爱吃的零食和水果，吃不完的都得让她带回自己家。

想起她每次回家，老妈就会做她最爱吃的菜，她想洗个碗妈妈都会把她赶出厨房，天冷了泡好热水袋送到她眼前，她爱睡懒觉就随她睡到日上三竿，还呵斥老爸玩电脑游戏不要把她吵醒了。

她已为人妻人母几十年，可在爸爸妈妈眼里，她始终还是他们长不大的小女儿。

想到这里，她快步走上前，把老爸老妈的手分开，然后左手牵着老妈，右手牵着老爸，娇嗔着说，瞧你们俩，这么老了还要秀恩爱。

可是你们一定要一直这样秀恩爱下去啊！简妮默默地祈祷着。

每一个妈妈，最终都会成为外婆那样的女人

晚上做了一个新菜"八珍豆腐"。

小马说："哟！新菜系！"再尝一口，"味道不错，这个菜又是哪里抄袭来的？"

我："什么哪里抄袭的，我自创的好不好！这叫八珍豆腐，何谓八珍？就是我把冰箱里能搜集起来的食材全部加在一起，凑了八样。"

小马撇撇嘴："好吧，如果这菜是你自创的——看在你这么有创意的份儿上，我给你打……"

我凑过去（觍着脸，期待地）。

"60分！"

"滚！"

老师私下向我报告，说小马最近上课总打瞌睡，让我留意一下他晚上有没有在偷玩手机。

上一次偷偷在被窝玩手机，已经被我"活捉"，且手机没收（只周末可以玩），难道他又搞了一个手机？

真是斗天斗地斗不过青春期小孩子的心思！

小马的房间在二楼，于是有事没事跑到他房间转悠，一双眼

156

睛像猫头鹰一样四处扫描，试图找寻到可疑的蛛丝马迹。

无果。

打枪的不要，悄悄地上！蹑手蹑脚上楼梯想打他个措手不及（上楼的时候总感觉楼上一阵窸窸窣窣，仿佛在隐藏什么罪证），可一上去，一切如常。

试图曲线救国："马儿啊，你搬到楼下书房来做作业吧。这样妈妈看书你写作业，多么温暖有爱的一幅画面（作煽情陶醉状）……"

再晓之以理："还可以省下一个房间的空调费。"

小马一口拒绝："不要！我可不想后面有一双时刻鬼鬼祟祟盯着我的眼睛！"

说什么呢？你老娘我是那种人吗……

小马小时候长得像我，小下巴尖尖的，可爱极了。

长大后有点长残了，越长越像他爸……尤其是脸型，尖下巴变成了方方正正的国字脸。

每每瞧着他的大脸，我就一脸嫌弃，外加讽刺打击。

小马很气愤："这能怪我啊，还不是怪你们！"

我补刀："这能怪我啊，只能怪你爸！"

他爸不服气，迅速去书房拿出旧相册，翻出他年轻时的照片，脸不大，还是一个英俊帅气的美男子嘛。

小马悲从中来，欲哭无泪。

我赶紧安慰他："没事，没事，以后咱可以整容成男神。

当然，前提是，你必须好好读书，以后赚到大钱，给自己整容，给妈妈买奥迪 TT。

说到好好读书，小马其实是让人蛮崩溃的。

从初中时的"伪学霸"到高中退步成了"学渣"，我花了两年的时间，才慢慢接受了这个事实。

学霸，学渣，存在自有其合理性。不努力一定不会有进步，但努力了也不一定能成功。小马不算最努力的，但应该算努力的。

每天傍晚5：40，我就开始静候门铃声，拿起听筒听到电话里的声音很明亮，我就知道他这一天在学校里过得不错，如果听筒里的声音是阴郁的，我知道，他肯定考砸了。

考砸就考砸吧，我已经把自己修炼到无论他考40分还是90分，都能够云淡风轻。

只希望每天傍晚听筒里的那个声音，始终明亮。

我想去烫头发，问小马："妈妈去烫卷发，好不好？"

小马说："去呗。"

我苦恼："万一烫了很丑怎么办？"

小马轻描淡写："你想多了，难道不是每次换新发型后都很难看？"

出去吃饭，我在镜子前摆弄衣服。

小马看了看我，说："妈妈，你穿这件衣服最好看。"

我心头一暖。想起一年前的一天，我穿着这件衣服去学校接他，远远地他跑过来，一把搂住我的肩，说："哇，妈妈，你好漂亮，我都没认出你来……"

这是天生的嘴甜还是情商高？真羡慕我未来的儿媳妇。

小学初中，喜欢小马的女同学还是蛮多的。

有个长情的小女孩，从六年级一直表白到小马初三。

唉，也不知道小马怎么想的，就是不搭理人家。好心疼这个女孩。

到高中了，可能是长残了又加上学渣的缘故，反正我没听到什么绯闻。

成天和一个男同学混在一起，每个周末早上一起打球，打球结束一起去图书馆泡一天（说是写作业）。

我忧心忡忡："马儿啊，现在没有女同学喜欢你吗？那你有没有暗恋的女孩子呢？天哪，你该不会是同性恋吧！"

小马一脸黑线："老妈你有病吧……"

小马对我的称呼完全随心所欲，信手拈来，老太婆，老妈子，傻大姐，老丫头……

最近他叫我皇后奶奶。

我贼烦："不许这样叫我。"

他回："朕知道了。"

我生日，小马积攒了好几个月的零花钱，花了一千元钱悄悄地给我买了一双鞋（鞋我很不喜欢可我还得装作巨喜欢）。

后来，我淘宝购物车里出现了一双"1000+"的运动鞋，我毫不犹豫地就把它拍下了，放在小马的房间里。

小马欣喜若狂。

我借此机会向小马阐述了什么叫惊吓和惊喜。花了大价钱送了别人不喜欢的东西叫惊吓，悄无声息地送了别人心仪的东西才叫惊喜。

我未来的儿媳妇，是不是特别感谢你婆婆的精心调教？

快放假了，打算把小马送去外婆家待几天。

想到即将到来的神仙逍遥日子，对现在要管着他吃喝拉撒的日子简直不能忍。

忍不住就有些恶声恶气，他动不动就威胁我："你再欺负我，我告诉你妈去。"

"你告诉我妈你了不起啊，我妈最心疼的是她女儿，而不是你。"

"哼，外婆就是喜欢我超过喜欢你！"

两人为争外婆的宠快吵起来了。

回去真得问问我娘："您到底是疼你的亲闺女多点还是疼您的亲外孙多一点呢？"

腊八节，我翻箱倒柜找食材准备熬一锅腊八粥。

小马说："不好吃，别熬了。"

我说："不行，生活需要仪式感，什么节气就应该吃什么样的食物。"

小马啧啧叹息："老妈，我发现你变了，变得和外婆越来越像了。"

我答："每一个妈妈，最终都会成为外婆那样的女人。"

外婆那样的女人，从满头黑发到头发斑白，经历了世事沧桑和人生繁华，曾经坚硬的内心也慢慢变得柔软，在她们的眼里，已经没有什么不能接受，也没有什么会变得更坏。

嗯，你越长越快，而我，也越来越老。

只愿你健康快乐，闪亮如星辰，温暖如阳光。

不介意独来独行，或许有你更好

有一天,公司的 L 跑来问我:"听说你在练瑜伽,在哪儿办的卡,教练好吗?"

我就跟她描述了一下情况。

结果第二天上课就见到了她。

原来,听了我的介绍后,当天晚上她就去上了一堂免费体验课,然后以迅雷不及掩耳之势办了卡。

效率之高令人咋舌。

L 说:"我体验了感觉挺好,况且不是正好有你在吗?两个人一起练,互相监督、互相探讨、互相促进,多好哇。"

之后在公司,一到午餐时间,她就跑来和我坐一块,和我讨论昨天课上的某个体式,如果我没去上课,她也会来问:"你昨天没去,是不是又偷懒了?"

有天下暴雨,正纠结要不要去上课,她在微信上给我发一个消息:"我上课去了,给你占位哟。"我无奈地笑,赶紧拎起瑜伽包赶去上课。

之前,我一直喜欢独来独往,想上课就去上课,不想去就偷懒放纵自己。可是,有了 L 做伴,像时刻有一双眼睛盯着,让人不好意思松懈,这样的感觉似乎也不错呢。

去年夏天，某游泳馆做促销活动，两人一起请一个游泳教练，可以享受 6 折优惠。

小 W 搞到了一个名额，引诱我："咱俩一起参加吧。"

虽然内心早就有学游泳的计划，可是一看课程和时间表，我犹豫了。

两人捆绑在一起请教练，价格自然是很诱惑，可是两个人的时间不可能总凑在一块，除非调整自己的生活规律或作息时间，互相迁就对方。

想想还是作罢，小 W 就约了另外一位同伴。

三个月后，小 W 和她的朋友就已能漂亮地用各种姿势在泳池里骄傲地游来游去了。

而一年后的我，仍然是旱鸭子一个。

想想如果当时能接受小 W 的邀请，本来在游泳池里畅游的那个人应该是我。怎么说呢？我肠子都悔青了。

独来独往确实很好啊。中午一个人在餐厅吃饭，可以安静地边吃边想心事而不用去理会同事们的娱乐八卦；晚上一个人散步，清风明月诗情画意都只在我一个人的心里；周末一个人逛街，可以在自己喜欢的书店待两个小时，再跑去甜品店吃两个冰激凌……一个人，是自由，是不受羁绊，是奋不顾身，是不需要迁就任何人的心情，是想出发就马上出发，想结束就马上结束，一个人不孤独，一个人的灵魂是如此放松和恣意。

可独来独往，毕竟也有不完美的时候。一个人在新开张的餐厅吃饭，点两个菜就够了，怎么能品尝其他更多的美味呢；一个人，会有精神萎靡颓废不振之时，如果有一个同伴拖着我，走，健身去，说不定郁闷也随着汗水一起蒸发了；一个人看电影，清净却有些寂寥，如果有一个相同品位的伙伴，可以和你一起随着电影情节时而欢笑时而落泪，感觉会不会好一些？一个人出去旅行，固然可以体会潇洒自如无知无畏，可是你考虑过自身的安全吗？当你一个人在旅行中仰望湛蓝的天空，感受无言的心动，你是不是也曾有过无人同行的遗憾？

　　一个人写字，用文字记录生活的喜怒哀乐和悲欢离合，也用文字捕捉娱乐八卦和热点新闻，我们用文字梳理自己的内心，抵抗尘世的各种撕扯，排遣生命巨大的孤独和虚无，也在文字中获得慰藉和满足。写作是一件私人的事情，也是一条孤寂的漫漫长路，难免会有心灰意冷之时。如果在这个时候，身边有一个同样热爱写作的伙伴，你们约定用每天写字来打卡，当你掉队的时候，他会催促你，快点！当你想要放弃的时候，他会鼓励你，坚持！当你觉得撑不下去的时候，还是他，伸出温暖的双手，一把拉起你。如果这样，写作的路上是不是就不再孤单？

　　关注的微信公众号中，有不少是两个好朋友一起合开的。比较有意思的是就连公众号的名称也是一起放上了两个人的名字，比如"蓝小姐和黄小姐""闫红和陈思呈"。黄佟佟在公众号的一篇文章中这样写过："蓝小姐常说，这些年我改变了她，我给她打开了另一个世界，其实她也改变了我，这些改变就像是阳光和雨露的滋养。"想起了文友中很有意思的"梅花鹿"三人组合，一起激励、一起写字、一起出书，你追我赶，彼此影响，不亦乐乎！

　　一个人的时候，享受一个人专注的状态。有伙伴同行的时候，就一起鼓励，一起去做好玩儿的事情。生活有猝不及防的低谷，也会有不期而遇的碰撞。

美好的友情是怎样的

第一次和她见面，是在初秋。

我们相识在本城的一个论坛。她混摄影版块，我混文艺版块。我喜欢她拍的照片，她喜欢我写的文字，一拍即合，我们迅速在微博"勾搭"上了。

有一次我看到一款精致的手工书套，眼馋得不行，转发到了我的微博，她看到了，轻描淡写地说，我来做一个，送你。

去拿书套的那个早晨，心情好激动，有当年的微博为证："待会儿要去见网友，心里扑通扑通犹如小鹿乱撞。揽镜自照，小脸红扑扑，心慌呀，忐忑呀，整整衣襟，涂点脂，擦点粉，再抹点唇彩，心里默念，千万不要见光死！我马上出发了……亲，你准备好了吗？"

我们"一见钟情"。

她穿一款绿格子旗袍，中式盘扣，温柔娴静，像民国女子一般款款向我走来。

我穿着宽宽大大的深蓝袍子，外面罩一件碎花小衫。那天阳光温柔，风儿也温柔，吹动我的裙角，心儿也温柔。

我们没怎么说话，头一回见面，都挺羞涩的。我拿了书套，说声"谢谢"，就道了再见。

不一会儿，就收到她在我的QQ留言：我想给你拍照！

我回：好！

她是本地摄影圈小有名气的女性摄影师，我是啥经验也没有的高龄"麻豆"。除了在影楼拍过一套矫揉造作的写真，我还没有被摄影师拍过。

她给我壮胆，说她也是第一次正儿八经拍人像。

她拍处女人像，我做处女麻豆。两人压力均等，我放松了。

她发网上优秀的人像作品给我看，让我好好琢磨她们的"POSE"，于是，我走路都在想着怎么凹造型。

我买了新帽子，她买了新道具。

我们都很认真地对待我们的第一次。

那是2012年10月。

我们的第一次合作很成功，成功得像是开启了一个时代——我们的时代。

就像男女恋爱一样，第一次约会对上了眼，再上升到热恋就是分分钟的事了。

五月蔷薇开花了，我们去蔷薇花下拍人像；六月薰衣草漫山遍野，我们去拍薰衣草人像；夏天了，我们去海边；秋天，我们取景翻飞的黄叶，还有咖啡店，小书吧，公园，街角……她的文件夹里，命名"淡淡淡蓝"的文件越来越多，越来越多……

渐渐地，我们被朋友圈命名为"最佳搭档"，她成了我的御用摄影师，我成了她的御用麻豆。

我随时等待她的召唤：淡淡，约吗？

然后我义无反顾：约！

其实，在做她的御用麻豆之前，我也是有一点点摄影追求的。

第一次合作后，我认她做了"师傅"。

师傅很勤勉地教徒弟，微博上时常"艾特"我一些摄影方面的技巧，周末的时候带我去公园练手，手把手地教我如何对焦，如何构图，如何取景，在咖啡馆，教我拍静物，一教就是一下午。

现在想来，我的那一点点摄影感觉，应该就是那个时候积累的，虽然那段时期很短暂，短暂得我都没来得及叫她一声"师傅"。

她买了一件碎花的森系连衣裙，我突发奇想：做徒弟也好多天了，应该为师傅拍一组照片了。

师傅犹豫了半天，终于同意了。

为了拍照，师傅还为她的碎花连衣裙配了一双昂贵的皮鞋。

约好拍摄的那天，突然下起了大雨，这是老天在考验我啊。

我撑着雨伞，握着师傅的贵重相机，虽然手忙脚乱，也咔嚓了好多好多。百里挑一，总有一张好的吧？

回去后，我导出相机里的照片，羞愧得想要撞墙。

其中有一张照片是这样的：师傅仰着头看着天空，头发被雨淋得耷拉在脸上，脸上全是水，不知道是雨水，还是悲愤的泪水……

那是她最丑的一张照片，是她徒弟——我，拍的。

从此，我和她断了师徒关系。

是我提出来的，我不配做她的徒弟，还是敬业地做她的御用麻豆吧。

我们策划去坝上草原旅拍。方案一定，我就开始安排我的行李，二十四寸的行李箱，八条连衣裙，四件短袖两条短裤，四顶帽子，三双不同风格的鞋，外加围巾披肩外套挂件……我的行李箱沉重得提不起来。

她的行李箱也沉重得提不出门，除了简单的换洗衣物，里面有两个相机，三只镜头。

嗯，我还想分别写两篇文章，题目是《论一个麻豆的自我修养》和《论一个摄影师的自我修养》……

我们认识整整三年，一起出去拍的照片数不胜数，唯一遗憾的是：我们的合影却少得可怜。

因为大多数时候，都是我在前面不停地在摆"POSE"，她在后面不停地抓画面。

我们唯一的一张正面合影，是朋友帮我们拍的。

当时没注意，回来一看照片，呆了。

照片里我们都穿着宽松的上衣，她淡蓝我深蓝，下面都配短裤和平底球鞋，都戴着墨镜，还有草帽。

和谐得一塌糊涂，果然是最佳 CP。

我最美的照片都是她拍的，她让我感觉到，做一个美丽又自信的女人，是多么美好的一件事情。

我常常叹息，没有在我最美好的年华认识她，没能把我最美的一面奉献给她的镜头。

她就写了一段文字给我："木心说，从前的时间总是过得很慢，徐徐地慢，所以，我和你走了这么久，才终于遇见。但我很庆幸我们在这样的年纪相识相遇，不早不晚，刚好能看见你青丝如黛，像今晚的夜色。你还在豆灯下读书吗？或者执笔颦眉，将你的真实与自然一直保持着，流于笔尖，于素年之中，描出锦时。"

这仅仅是摄影师吗？这样的文字，让我这个自称"写文章的人"汗颜。

单位组织她们去海边旅行，她发了一条微信：不带单反的旅行，好轻松。

我暗暗叹息：竟然没有人值得她带单反啊。

但我不能太嘚瑟是吧？我在她的微信里很官方地点评：那就彻底放松好好玩儿。

她秒回：我在想你……你在就好了……

这算是表白吗？好害羞……

其实我根本不是常有自信的，我总是担心我这个业余麻豆不够年轻，表现力不够好，没有出神入化的表情和眼神。

我恨不得自己能去表演学院进修一下，这样，才不会辜负她。

逮着一个机会，我问了她埋藏已久的问题：你觉得你的御用麻豆还合格吗？

她回复我：早已不是合格不合格的问题了，我们过了磨合期，现在是如丝绸般顺滑熨帖……

她的这段话，也如丝绸般熨帖了我的心。

其实除了御用摄影师，她还是我的御用理发师（帮我修剪刘海），御用裁缝师（帮我穿针引线）。

她会做很多好吃的，每次做新款美食，第一时间总是想到留给我。

家里多了许多瓶瓶罐罐，都是她送我的，瓶瓶罐罐里装过蜂蜜柚子茶、桑葚酱、草莓酱、杧果布丁、杧果雪媚娘……

看中一件衣服，纠结要不要买。

发给她看，她说好看，买！我们去拍照！以后，你就负责买买买，我就负责拍拍拍。

我生日，她提前为我拍了一组照片。

生日当天，为我亲手做了一个蛋糕。

微信里，她贴了我的一组照片，上面写："亲爱的，生日快乐，永远快乐……要一直美美的，直到我们白发苍苍，你还要负责微笑，我还要负责拍照，就这样一起到老……"

我笑着哭了。

从他人身上，见到岁月流逝

小马去强子理发店理发，回来责备我："妈妈，卡里上次就欠费了，你怎么还没有去充值？"

我"哎呀"大叫，年纪大了果然就不记事。

赶紧拿了钱包跑到楼下理发店，强子微笑："不着急呀，都这么多年的老主顾了。"

我笑着续了卡费。这些年，强子理发店承包了我家小马的"头顶大事"。一入冬，我自己懒得洗头，也是隔三岔五往强子店里跑。进门打个招呼，有客人等着就熟门熟路挑个位置先坐下，在书报栏随手拿一份当天的晚报浏览，和店里的伙计有一搭没一搭地聊天。

开店时强子还是小鲜肉一个，小鲜肉后来和店里的洗头小妹谈起了恋爱，因为手艺好待人也舒服，理发生意越做越好。婚后洗头妹生了一个漂亮的女儿，强子心疼老婆，让老婆回家做起了全职太太。偶尔洗头妹会带着女儿来店里，忙不过来的时候，也会撸起袖子重操旧业。

当年的小鲜肉，如今已是微胖的中年大叔。

紧挨着强子理发店的，是开在小区里面的阳光超市。

这个小超市，几乎是和我们家同时入"住"这个小区。小超市经营品种还算丰富，该有的居家生活用品一应俱全。即便如此，我还是很少在小超市买东西，只是偶尔下厨时发现家里料酒没了，赶紧叫小马下楼去买。

有一天我去小店拿快递（也不知快递员是怎么说服老板的，把小区西区的快件都放在了小超市里），正赶上老板一家在吃晚饭，米饭的香气扑鼻。诱得我忍不住问："你们吃的是什么米，好香！"老板说："就是我们自己店里卖的米呀。"我当即买了一袋，老板放下碗筷，非要给我送货上门。

爬五楼毕竟还是累的，老板呼哧呼哧喘着粗气，我心里有些不安。十年过去了，当年瘦弱的老板依然瘦弱，但是头发白了，身体佝偻了，还有满脸的沧桑……有时候，我们是从别人身上看到岁月流逝的。

"老梁干挑"，开在强子理发店对面。顾名思义，老梁开的干挑面馆。

老梁是个很有意思的老板。长得五大三粗，彪悍粗犷，年过五十了，身上却还有新潮的文身。我第一次去"老梁干挑"吃面，看到老梁的模样犹豫了半天，小心翼翼，大气也不敢出，总感觉老梁那形象很可怕，有点像混黑社会的大哥。

吃面的次数多了，闲聊中渐渐知道了老梁的故事。开面馆之前，老梁是个裁缝，自创了小城小有名气的服装品牌，开办了服装厂，也算是服装界叱咤风云的人物。后来服装行业不景气，老梁当机立断关了工厂。在家休息期间，某一天老梁看到小区门口的这家店面招租，心血来潮，于是就有了"老梁干挑"。

老梁没有学过厨艺，但自从开面馆后，每一碗面条都是他亲手烹制。几年时间，"老梁干挑"从小区门口一家名不见经传的小面馆，到如今声名鹊起有口皆碑，四面八方的人蜂拥而来，只为吃一碗老梁亲自拌的面，我总觉得是一个传奇。

每周日下午"老梁干挑"关门歇业，老梁爱开着他的摩托去河边钓鱼，一坐就是一个下午。私心希望老梁会一直将这家小面馆在小区里这样开下去，不要搬迁到闹市区，也不要扩大连锁，平常的日子，不想做饭了，就随随意意地去吃一碗面，像是自己家的小食堂。不是山珍海味，但能伴着我们平淡的日子，安安静静地走下去。

就像强子理发店，就像阳光超市，岁月悄然变迁，他们依然在。

有一种声音，在时间深处

常常会被细碎的声音惊醒。

雪落无声吗？可我为何总是能听到雪飘落的声音，一片又一片，扑簌扑簌，从温暖的被窝里爬起来，赤足踩在冰凉的地板上，掀开窗帘，窗外白茫茫一片无边又无际。

夏天的夜晚，星星满天，洗完澡躺在院子的凉席上。奶奶一边哼着自编的摇篮曲，一边摇着大蒲扇，温柔的呢喃声和着田野的蛙鸣此起彼伏。

童年不爱睡午觉，总是被母亲逼着躺在床上，一动不动地装睡，等到母亲响起疲倦的鼾声，便轻手轻脚地下床，坐在小椅子上看书，窸窸窣窣的翻书声惊醒了母亲，母亲会迷迷糊糊地嘟囔："别吵！"

最初离开父母去外地工作，下班后在宿舍，切几片从家乡带来的咸肉放在小电炉上蒸，搪瓷盆在锅子里欢快转动，咕噜咕噜，咸肉的香味氤氲，温暖诱人。

中学的最后一年，班里转来一个外校的男孩子，瘦瘦的，又有点小帅气，班里的一群男生立刻成了他的跟班。一下课，他们迅速霸占了教室外面的走廊，一排人靠在水泥栏杆上，每走过一个女生，便集体吹口哨尖叫。那天，我怀揣着心底所有的秘密，走到他面前的时候，突然停住了脚步，用骄傲的眼神睥睨了他一眼，走廊上突然寂静无声。

在城市的小巷闲逛，被一间鲜花簇拥的小木屋吸引，轻轻地推门而进，音乐缓缓流淌，小屋的一面墙上挂满了各式各样的棉麻布料，角落里突然传来"嗒嗒嗒"的声音，视线被一个朴素又清丽的女子吸引，她穿着一件浅灰色的棉布连衣裙，正专注地踩着缝纫机，当她抬起头来对我微笑的时候，恬淡安静的眼神一下子吸引了我。

小时候家里有台老唱片机，父亲买回来许多许多的唱片。唱针滑在快速转动着的老唱片上面，发出"沙沙沙"的声音，让人怀念。

还有夏天午后撕心裂肺鸣叫的知了，仿佛过了今天就没有了明天似的：卖冰棒的老爷爷背着木头箱子，小木块有节奏地敲打着，"梆——梆——梆"，卖冰棒喽，卖冰棒喽……

刻骨铭心的那个深夜，急促的电话铃声碾碎了夜的静寂。从睡梦中惊醒，有种不祥的预感。慌张地拿起电话，母亲哽咽的声音在听筒那边传来："你外婆快不行了。"母亲的声音软弱、无力、苍白、遥远。

最憎恨的声音是在牙诊所。拔牙时牙医把一把大钳子塞进嘴里，"吱吱——吱吱"转动；洗牙时洁牙工具通过超声波在牙齿上摩擦发出"滋滋滋"的声音，像刀子划过玻璃，浑身顿起鸡皮疙瘩，那是记忆里最恐怖的声音。

安静的夜，写作业的孩子突然竖起耳朵，瞪大眼睛对我说："妈妈，我好像听到外婆在楼下叫我。""怎么可能呢？""你听，外婆在叫'小马啊'。"我微笑不语。孩子干脆拉着我跑到窗口张望，除了偶尔有几辆车沙沙驶过，夜色安静得让人恍惚。

我知道，亲爱的孩子，总是有某些特别的声音，一旦进入了脑海，便挥之不去。即便在纷繁喧嚷中，仍然会安静地响起。

没有一种生活，可以囊括我们所有的选择

看了一部很有意思的台剧《茶蘼》，又意"TWO ME"，两个我，两种人生。

故事的女主角郑如薇，拥有一份普通的工作和一份平常的爱情。

如薇的男朋友汤有彦，是一个严格按照计划表生活的男人。在他的人生计划里，35岁要结婚，所以他必须在30岁谈恋爱。结婚后买一套房子，生三个孩子。而如薇却不想过这种一眼看得到尽头的生活，她想要她的人生稍微不平凡一点点。

正好公司有一个外派上海的机会，职位、薪水以及未来潜藏的机会都在前方向如薇招手，一心只想过平淡生活的有彦并不想去上海，但为了可以陪如薇一起吃晚餐，他愿意放弃台湾的工作，和如薇一起去上海闯荡。

然而，生活并不会按照计划表如你所愿，意外随时都会降临。

有彦的父亲出了车祸，半身不遂。

是坚定地选择自己的未来，还是为了爱情放弃自己想要的追求，故事在这里才正式拉开了序幕。

编剧设计了一种新奇的拍摄手法，让两种方案的生活在电视

175

剧里交替呈现在了观众的面前。

方案 A 里如薇一个人去了上海，为工作拼到三天三夜不眠不休。每天的晚餐都是一个人无滋无味地吃着泡面，靠和有彦视频通话获得力量。然而这种温暖并没有持续太久，不久，有彦就被如薇的同事张姐看到和另外一个女孩难舍难分，如薇难以置信，伤心地独语："亲爱的人生，我的选择错了吗？"

与此同时，方案 B 里那个甘愿为爱情牺牲的如薇，已经被沉重的生活折磨成了一个不修边幅、蓬头垢面、每天睡不够，就连"好好上一个厕所都是奢望"的黄脸婆。

那一条在锅中被煎煳的鱼，仿佛就是她的命运。

而张姐在她决意放弃去上海时劝说她的话，也无情地一语成谶：

"受惠的人不一定会感激你，牺牲未必是一种成全。贫贱夫妻百事哀，你拖累他，他拖累你，总有一天你们会互相埋怨。强求的幸福会让你失望。"

故事继续在缓慢中展开。

方案 A 中，有彦终于忍受不了压力，跑去上海向如薇提出分手，痛苦的如薇迷茫之中和总经理有了暧昧。

在和总经理慢慢相处的过程中，如薇不知不觉地爱上了他。而总经理，却是一个声称"其实人们根本不需要爱情，爱情只不过是两个彼此不讨厌，却很害怕孤独的人联手抵抗孤独过程"的一个感情老手。

脱口而出的金句，满满的套路，最终，总经理携款一亿元消失在如薇的生活中。留下 50 万元现金算是"曾经爱过"的证据。

徘徊在深夜的马路上，如薇又一次地问自己：亲爱的人生，我究竟是离梦想越来越近了，还是越来越远了？

方案 B 中，生活并没有像如薇希望的"我们一定不能输给方案 A"那样顺利。

不在计划之中的怀孕，让如薇和有彦措手不及。她不想要这个孩子，她似乎可以看到，如果留下这个孩子，他们的方案 B 就会妥协成方案 C，也许还会从方案 C 妥协到方案 D，甚至方案 E……

贯穿全片的独白又一次适时响起："真的好想，在知道了答案之后才做出选择。可惜，谁都只能在人生的考卷上，慌张地写下，那唯一的选择。"

这并不是一部很好看的电视剧，浓浓的台湾腔也让人颇不适应，节奏缓慢。男主角一遇到变故就满脸沮丧无奈的表情也让人倍感压抑，但它胜在恰到好处地戳到了我们的内心。

谁不曾在选择的路上迷茫过呢？谁又不曾在选择之后追悔莫及？它真实得就像是会发生在自己身上的故事，在每一个需要做出选择的关口，在每一个命运的十字路口，不由自主地把自己代入剧中的主人公。

如果换作是我，会选方案 A 还是方案 B？短短的 6 集电视剧，却仿佛述尽了一生的命运。人生究竟怎么选才不会出错？真的有完美的选择吗？剧中，无论是方案 A 中的如薇，还是方案 B 中的如薇，似乎无时无刻不在为自己做出的选择后悔。一如现实生活中的我们，永远在遗憾失望和期望中交织。

选择事业，却渴望爱情；选择婚姻，却渴望独身；选择平淡，却渴望激情；选择"丁克"，却渴望温暖。

也许，并没有一种生活，可以囊括我们所有的选择。当我们做出了一种选择，也就意味着我们同时放弃了另外一种可能的生活。

没有完美的选择，如同没有完美的幸福。也并不是选择决定了命运，选择只是决定了一种生活方式，而生活方式最终取决于我们对人生的态度。所以选择没有对错。一旦做出了选择，就不要回头想东想西，因为那完全没有意义。

我在你身边，而你一直熟视无睹

几个朋友约午餐。A 说 11：30 她先去接 B，然后再来接我。

站在路上，等了一刻钟，A 还没有到。

发微信给 B：A 接到你了吗？

B 也纳闷：没有呢。什么消息都没有。

半小时后，A 姗姗来迟。

其实 A 准时到达了 B 所在的小区，想打电话叫 B 下楼，却发现手机落家里了。而通讯录都在手机里，她不记得我们任何一个人的电话。不记得电话，她就没法打电话给 B，也没法打电话给我。没有手机，她又没法上微信，没法上 QQ。

而她在门口焦急地等 B 的时候，B 也正在手机上焦急地等着她的来电或者微信消息。

她甚至跑去问保安大叔："你有 QQ 吗？能让我上一下你的 QQ 吗？"

最后还是走投无路，只好返回去拿手机。

世界上最遥远的距离，原来是我在你楼下，却仍然没法找到你。

文友 C 要给我寄一封挂号信，挂号信必须要留收信人的电话号码。

我们相识五年。先是在论坛、QQ，后是在微信，姐姐妹妹聊得挺欢。

C 来江南旅行的时候，特意到了我所在的小城看我。我们一起吃饭、喝酒，还一起泡咖啡厅。

按说，这样的关系应该挺不错了。奇异的是，我们的沟通全部在线上，竟然没有留过彼此电话。

那天中午，C 在邮局给我发微信：姐，快点把你电话报给我。

而那个时候，我正在午睡。

着急的 C 尴尬地躲避着邮局工作人员纳闷的眼神。她给能想到的和我私交不错的所有朋友都发了微信，拐弯抹角打听我的电话。

不幸的是，可能所有的人都在集体午睡吧，C 没有收到任何回复。

一筹莫展的 C 最后只好郁闷地离开了邮局。

世界上最遥远的距离，原来是我们可以捧着手机聊个通宵达旦，可一旦没有了手机，我们就会从此失联。

小马做一个调查问卷，最后要填上自己的手机号码。

小马问我："妈妈，我的手机号码是多少？"

我答："你的手机号码我怎么记得？"

小马问："你是我妈你竟然不知道我的手机号码？"

内疚地在通讯录里翻出小马的手机号，一时无语。

我怎么可以，背不出我最亲的亲人的电话！

查看手机通讯录的所有联系人，从 A 到 Z，我能记得号码的只有四人。

四个都是我的亲人。

我背不出任何一个朋友的电话。

背不出任何一个同事的电话。

背不出任何一个文友的电话。

以为把他们的号码存在通讯录里，我就可以一劳永逸，只要我想找，他们不会走开，我们不会走散。

就像买回来的许多书，整整齐齐地摆在书柜里，我还来不及去读它们——有些，甚至连外面的塑料薄膜都没有撕去。

可是，背不出来的电话号码，和摆放在书柜里的书籍，它们没有任何意义，只是摆设。

就像给我们遮风挡雨的房子，经年累月无声无息地立在那里，我们以为它们会带给我们永远的温暖和安定。可是，房子会老旧，会破败。手握钥匙的你，总有一天会回不了家。

世界上最遥远的距离，原来是我一直在你身边，而你一直熟视无睹。

读到这里，我想问问你，你能背出你生命中几个重要的人的电话呢？

写字楼里除了光鲜靓丽的白领，还有他们

胖阿姨是我们这幢写字楼的清洁工，其实原本我没有注意过她。有一天我搭乘电梯上楼，在三楼，电梯停，胖阿姨拎着水桶拿着抹布进来了。看只有我一个人，胖阿姨就咧着嘴笑，还和我打招呼："丫头，长远没有看到你了！"这一声略带亲昵的称呼让我感到突兀和惊讶，心头却又飘过一丝朴素的温暖。

和胖阿姨搭档的还有一个瘦阿姨。她们工作的时间基本是在早上，上班族们还没有到达公司之前，或者是中午大家都出去吃饭的时候，偶尔也会在上班高峰期遇见她们，大多是在电梯里，两个阿姨紧紧地挨着，目光低垂，拘谨中带着小心翼翼。电梯里的白领们大多面无表情，沉默不语，在一群光鲜靓丽的人群中，只有她们，一年四季灰扑扑地，弱弱地夹杂在当中，渺若尘埃。

有一天我去外面办事，恰好在电梯口碰到两位阿姨在热烈地交谈，那情形和她们平时在电梯里的模样截然相反。我低着头，不动声色地竖起耳朵听，胖阿姨说，她女儿刚生了小宝宝，胖乎乎的可好玩了，就是晚上要吵夜，闹腾得她女儿整个晚上睡不好。她就把小外孙抱来和她同睡，这样，女儿就可以休息得好一些了。语气里满满的全是开心和宠爱，我不由得浮起微笑。

加班到深夜，白天喧嚣的大楼突然沉寂了。一个人乘电梯，清晰地听到电梯下行时哐当哐当的声音，站在电梯里，电梯有时

会极不稳定，左右摇晃，电梯里的小灯也忽明忽灭，心就这样悬了起来。这一切惊慌和恐惧在电梯到达地下停车场电梯门打开的那个瞬间就戛然而止，因为我又听到了悠扬婉转的琴声——那是大楼的一个保安在拉小提琴。

除了初来这幢大楼时，这个保安大叔带给我的惊讶，现在的我，已经变好奇为享受——享受琴声。幽暗而空荡的地下停车场因此常常充满了文艺的气息，有时候保安大叔站在保安室的边门，歪着脑袋，陶醉在他自己的琴声里。下班的人群一拨一拨地从他面前走过，好奇而短暂地停留。有时他会坐在车库出口的拐弯角，一辆辆来来往往的车从他身旁呼啸而过，他兀自拉着自己的琴，旁若无人，如痴如醉。

除了这些固定的后勤人员，每天和大楼亲密接触的，还有快递员和邮递员。快递员像一阵风，匆匆把件放下就一闪而去，大大的背包里装满了他下一个将要送达的物品。邮递员投递的东西大多放在公司的信箱，但也有例外的时候，他会亲自送到我的办公室，那是我的稿费单。因为送稿费单的缘故，我和大叔熟悉了起来，有时他会好奇地问我："写一篇文章有多少钱呢？"或者是："姑娘你真会写，你很厉害！"有一天他送来整整十二张稿费单，笑得比我还开心……不知为何，我总觉得他笑得有点像我父亲。

几个月之后，公司要搬到另一幢写字楼去了。很快，我们就将和这幢大楼里的他们失去关系。虽然我们原本也不熟悉，不知道彼此的名字，不知道他们住在哪儿，不知道他们有着怎样的人生故事，只是在一天又一天中，我们熟悉了面孔，熟悉了琴声，熟悉了表情……很快，我们将会和另一幢写字楼里的另一群他们发生联系，而他们，也将会迎来另一批新的面孔。

孩子在高考的时候，我在做些什么

　　和往常一样，早上 5：50，我叫孩子起床。

　　早餐已经准备好了，青菜肉丝炒面，酸奶加鲜橙。看上去和平时的搭配并没有什么差别，事实上我颇费了一些小心思。在炒面里我敲了两颗鸡蛋外加一根香肠，寓意 100 分，这幼稚的行为在孩子小学期末大考之时我们常玩得乐此不疲。可是今天，孩子高考的第一天（浙江省高考改革），我却不敢大张声势，不想因为我内心的紧张让这一天变得特殊，只愿我静悄悄的虔诚，能祈福孩子一切顺利。

　　穿什么呢？站在衣柜前，琢磨了半天。想起前一阵文友草莓问我要某宝旗袍店的链接，我问她干吗呢，她说要买一件旗袍在孩子高考的时候穿，寓意旗开得胜。旗袍我倒是有现成的，可是真那么突兀地穿着旗袍送孩子去考试，会不会吓着孩子呢？

　　平常心平常心。我自言自语，放下了旗袍，穿了和昨天一样的衣服。

　　送孩子去学校，孩子照例一上车就闭起眼睛补觉。五分钟之后，他就打起了小呼噜，这呼噜声会在车子到达学校的最后一个拐弯口戛然而止。有一回孩子和我说起他们早上坐校车，几乎每个孩子都是一上车就开始睡觉，我脑补了一群孩子在车上东倒西歪睡觉的情景，感叹每个高三的孩子都是传奇。

学校门口很安静，没有一反寻常的热闹，没有警察维持秩序，校门口也没有披挂让考生们热血沸腾的横幅，家长和孩子们都表情平静，平静得让人看不出孩子参加的将是他高中三年最重要的一场考试。

孩子依旧和往常一样，和我说声"拜拜"就下了车，和往常不一样的是，我没有在他下车后掉头就走，而是默默地看着他的背影，看着他慢慢地走进学校，直到消失在了我的视线。

这个时候，心里翻滚起一些情绪，有些难过，还有些忧伤，我都没有拥抱孩子，我都没有和他说一句"加油孩子"呢！

打开微博，默默发一条消息：孩子，加油，祝你顺利！

打开微信，找到小娥，给她发信息：我好担心！这个日子，只有她才会有和我一样的心情吧，因为她的孩子也是今天参加高考。

小娥秒回了我三个拥抱的表情。一切尽在不言中。

开车返回，去菜场买了孩子爱吃的菜。可是学校规定孩子中午不能回家呀，叹气。想起自己高考那年，爸妈负责在家里烧一桌好吃的，哥哥负责骑着自行车接送我参加的每场考试，高考的三天，全民动员，每个高考生都是家里的皇帝。

可如今，如果家里没有高三生，几乎没有人知道今天就是高考的日子。然而，不知道，并不意味着这个日子并不重要。

8点，第一场历史考试开始了，孩子不考历史，他在教室复习即将要参考的物理吗？他的心情紧张吗？他有把握吗？我甩了甩头，不想让自己再胡思乱想，卷起袖子钻进了厨房，把油烟机和煤气灶擦得铮亮簇新。

小娥发来消息：我去游泳了，以后孩子每场考试，我就去游1000米，痛快！

我说好，我也没闲着，刚搞完卫生，现在准备去露台的菜园子拔草。

10：30，孩子开始考试了。我在阳光下清理菜园，汗出如浆。看着满手的泥巴，想起一个朋友对我说："母子的心是相连的。你不要紧张，如果你放松，孩子也会放松；如果你自信，孩子也会自信。"

孩子，在你为你的前程奋笔疾书之时，妈妈也在努力劳动，你感受到了吗？

抽空刷了一下朋友圈，一派美好春光。在一团花红柳绿中，刷到两条关于今日高考的消息，静悄悄的没有激起一丝涟漪。这两条信息像沉默的大多数，迅速湮没在了此起彼伏的莺歌燕舞中。我微笑着合上手机，表情淡定地迎接着即将走出考场的孩子。

对所有浙江30万高三生的妈妈们来说，4月8日，这是云淡风轻的一天，这也是风起云涌的一天。

您仰着头，就像是坐在路边看天上的星星

1岁，我成了外婆的新欢。外婆原来的心头肉是我表哥，可是我一出生后，妈妈说她马上"喜新厌旧"。都说刚出生的婴儿看不出来长得像谁，可我不是，我从娘胎钻出来的那副小模样据说就活脱脱是我妈的翻版。外婆爱女儿，所以爱我。

4岁，我和表哥为了争一颗糖打架，两个人扭成一团。我委屈得号啕大哭，用小手指头戳着表哥：你欺负我，我叫外婆来打你。外婆毫不犹豫地打了表哥屁股三下，从此，外婆和舅妈结上了梁子。

6岁，寒假，妈妈把我送到外婆家。晚上我和外婆睡，我们一人睡一头，我睡在外婆的脚边，外婆抱着我的小脚丫，外婆的手糙糙的，却暖暖的。不知道外婆每天是什么时候起床的，只知道，外婆手上拿着热气腾腾的早点来叫我。然后外婆拿来脸盆接着，我就在床上刷牙、洗脸、吃早餐。吃好早餐，外婆给我擦干净，帮我把被子塞得密不透风，还给我泡一个汤婆子焐手，我就靠在床上看连环画。

10岁，我长成了一个爱看书的小女孩。外婆每天给我一毛钱，我在街上的小书摊上看小人书，外公在书摊对面摆了个小摊卖菜籽。趁外公不在，外婆就在外公放零钱的盒子里拿几个硬币，穿过街面塞到我手里，让我赶紧去买刚出锅的韭菜饼吃，那是记忆

中从来没有忘却过的美味。

13岁，我来初潮了，在外婆家。没有卫生巾，外婆用她的旧方法教会了我。后来的几天，外婆不让我喝凉水，连洗手也要给我兑温水。早晨起床，桌子上总是放着一杯温热的红糖水。

19岁，我要离开家去外地上学。爸爸妈妈千叮万嘱，外婆什么也不叮嘱，悄悄地拽我到她房里，从她装钱的塑料袋里数出300元，让我当"私房钱"，说别让爸妈知道，自己买好吃好穿的。

22岁，我恋爱了。我和他说起我的外婆，他很羡慕，因为他从小就没有外婆，他从来没有体会到原来有外婆，竟然是这么幸福。我说，从此以后你也有外婆了，我的外婆就是你的外婆。我给外婆打电话，说外婆，我带他来看你。电话里，外婆咯咯地笑。

26岁，我和他在外地买了房子，准备结婚。我们把外婆接来看我们的新房。新房刚装修好，家具还没有采购齐全，外婆喜滋滋地从这个房间看到另一个房间。后来，我拉着外婆坐在我们的婚床上。床是请木匠做的，还没有摆放床垫，床沿低低地。我和外婆肩并肩坐着，仰着头，就像是坐在路边看天上的星星。我对外婆说，外婆，等我们婚礼办好了，你就来陪我住，外婆点点头，笑得很开心。

27岁，我结婚了，有了自己的新家，外婆却中风了，躺在床上，从此再也没有起来。

时常想起外婆，这种想念如影随形，看到别人写外婆的文字，就会想起她；看到慈祥的，和外婆一样微笑的老人，就会想起她；想得最多的还是外婆留给我的笑脸，想起那天她坐在我们的婚床上，想起她仰着头，笑得天真又灿烂，记忆就在那一刻戛然而止……

孩子，你终究会成为大人

高考结束的第二天，我问你对这个长长的暑假有什么规划，我帮你筹划了好几个选项，旅行、学车或打工，当天下午你就独自去了 KFC，并且顺利地通过面试。

虽然通过面试，当我问你打工工资多少、工作时间怎么安排、可不可以请假等一系列问题时，你却一脸茫然，因为你什么都没有问，你甚至嘲笑我，还没有开始打工怎么就想着要请假呢。

等你的健康证办妥之后，你才断断续续地了解到你将要面临的打工，并不是如你想象的那般自由和舒适：每天的排班是不确定的，你将有了约束；按小时计的薪水也并不多，白天的工钱甚至少得可怜；最后，还有可能上夜班，甚至通宵。

我当即提反对意见。我舍不得你受苦，也担心你的打工只是一时兴起，如果不能坚持，那还不如一开始就不要参与。你很不开心，为什么妈妈你断定我不能坚持？我不怕苦，也不怕累。

事实上，第一天上班你就累倒了。以前整天在凳子上坐着学习的你，何曾有过站立七八个小时连轴转的经历啊。在这七八个小时里，你要面带微笑、要彬彬有礼、要声音响亮清晰、要动作麻利……下班回家的你瘫在沙发上，筋疲力尽地对我说，妈妈，我今天挣了 100 元，这 100 元钱真是来之不易啊！

我心疼得不行，却又有些欣慰，这是你第一次对金钱有如此切身的体会，原来生活竟然是如此艰辛呢，你想起了不久前，伸手向爸爸妈妈要 5000 元钱买公路车，如果要靠自己打工挣，就得将近两个月。

你真的一天天坚持了下来。你自己骑车去上班，深夜下班也是自己骑车回家，有时候你回家我们都已经睡着了。你看上去有些疲惫，却又激情四溢。不上班的时间里，你拉着我侃侃而谈，恨不得把每天店里一点一滴的见闻都讲与我听。我看着眉飞色舞的你，内心好多羡慕，这些宝贵经历，是花钱都买不到的绝佳的写作素材。

你打工的那些天，我一次都没有去店里看你。因为这是你"严禁"的，你不希望自己被店里的同事小瞧，不希望自己已经成人了却还一直要在爸妈的庇护下生活。我只好偷偷地在店外张望，远远地看着隔着玻璃的你，在工作台前温文尔雅、落落大方、游刃有余，那个时候的你非常帅气！我能站着看你一小时都不嫌累呢！

每天都很开心的你，有一天回来却有些沮丧，心情低落。你说早晨来了一个顾客，点了一碗粥和两根油条，当你去收拾餐具的时候，发现客人在门外打电话，油条已经吃完了，碗里的粥还剩下两三口，你想当然地以为客人已经用餐结束，就把餐具收走了。没想到顾客打完电话又重新回到了店里，一看自己的粥已被收走大发雷霆，你据理力争，经理息事宁人，又给他按原样配了一份餐。然而那个顾客后来只是在那儿又坐了半小时，重新给他配的餐一口都没有碰。你讲述这件事情的时候，大大的眼睛里还冒着愤怒的小火焰，你不能理解，为什么会有这样的顾客。

我懂你的不开心，也理解你的正义感。孩子，你将来要遇到的人还会更多，形形色色、性格迥异，你要记住，这个世界上，多的是和你不一样的人。面对这样的人，光正气凛然是不够的，你还要有处理的技巧，要学会容忍、学会理解、学会宽容、学会换位思考。

附近小镇新开了一家 KFC 汽车餐厅，你被经理派去支援他们的工作。这无疑是对你打工期间工作能力的最好肯定，可是不巧你有些感冒，我劝你不要去，你却依然背着你的大背包，毫不犹豫地出发了。

晚上 10 点你才下班回到宿舍，我问你还好吗？你回复我：妈妈我还好，就是工作有些累，我想早点休息。晚安。

留下还有好多话要问你的我，对着微信的对话框胡思乱想。

一早我给你留言，感冒好了吗？后来收到你的回复，晚上发热了，现在一觉睡醒已经满血复活。

想起昨天晚上你淡淡的口吻，想起你发热了也瞒着不说不让家人担心的坚强和体贴，我眼睛酸酸的，又忍不住嘴角上扬，你成长了！这个暑假你已经脱胎换骨，从爸妈一直保护着的宝宝蜕变成为一个成熟有担当的男子汉。

你即将要迈入美好的大学生活了，本来我有一箩筐的叮嘱，现在我想已经用不着了，你已经为你的大学生活开启了一个良好的开端，用你对待工作的热情和敬业，对待顾客的友善去对待你大学里的生活和学习，你的未来，会明亮闪耀。

明亮的朋友，也会把你照亮

忙得焦头烂额，许久没在朋友圈互动，就像消失了一样。一叶想我们了，她在群里呼唤：你们好久没来家里玩了，周末一起来喝茶吧。

去还是不去呢？手头一堆要做的事，件件都似乎迫在眉睫。

没头绪，焦虑，抓狂，愁眉苦脸坐在电脑前一筹莫展，烦躁……

豁出去了。暂停一天，不，暂停半天，总可以吧？

很奇妙的，刚决定给自己放个假，心情就立刻愉快起来。

第一次去一叶家是两年前，那时她的新家刚装修完工。她亲自给她的新家设计了生活区和休闲区，新家的楼上通通是她放松玩耍的地方，中式古典风和工业现代风和谐混搭，坐在那样的地方悠闲地喝着下午茶，是会暂时地忘记烦恼的。

我和亚芳比约定的时间早出发20分钟，却并没有给一叶打个措手不及。一叶的家，整洁如新，不，比两年前的感觉更舒服了。

我们像工作组一样把手交叉在背后，苛刻地"巡视"了每个房间，连阳台上的死角都没有放过，结果不可思议，让我们很挫败。

不死心，又"检阅"了她家所有的柜子（当然是在征得了一叶的同意后）。

柜子里的衣服没有如我们所愿一股脑儿扑出来，收纳整齐得堪比前一阵在朋友圈疯传的日本某主妇。

我，竟然会有这种神奇的朋友？

在我们四处逡巡的时候，一叶就安安心心地在厨房给我们煮考究的水果茶。经过过滤的锡兰红茶注入品种丰富的水果中，香气漫溢。后来我们就坐在楼上的阳光玻璃房里喝茶，吃着一叶亲手做的重芝士蛋糕，拍照，架起脚聊天（其实就我一人架了）。

席间一叶收到快递来的一麻袋月季花苗，她就戴起草帽，去露台上种花。

我们隔着玻璃看她忙碌，双手沾满了泥巴，汗出如浆，偶尔抬起头对我们傻笑一下，像一个快乐的花农。

两年前还空无一物的露台，如今已被她打理得花团锦簇，重点是：花园的构造和布局都是她自己设计的。

我也想要有漂亮的花园，但我知道我只是叶公好龙，因为我知道自己不会像她这样付出时间和精力。

以前她会写文章、会拍照片，会做美食、手工。

现在她会书法、会园艺。

如今她正在学弹古琴。

她总是说这世界太美好，好玩儿的事情太多，想学的东西太多。她认真投入地去学了，从来不蜻蜓点水，一旦爱了，就钻了进去。

看她镜头下那些美轮美奂的照片，我有时候觉得她像个不食人间烟火的仙女，可是她分明会做那么多好吃的东西。

有时候，我不敢看她的朋友圈，因为她活得太诗意、太美好了。

这些耀眼的光芒，衬托出我内心的平淡无奇。

我像是一株黯淡的草，只想一个人静静地沮丧着。

但我不敢沮丧太久，因为这些光芒，还会带着一股无形的压力，在使劲地拽我起来。

前几天看庆山的微博，有读者问她：你怎么看待明亮这个词，怎样的人才是一个明亮的人？

庆山说，明亮的人是那些先把自己的心地照亮，然后再以此光泽把别人也照亮的人。

多么荣幸，我拥有如此明亮的朋友。

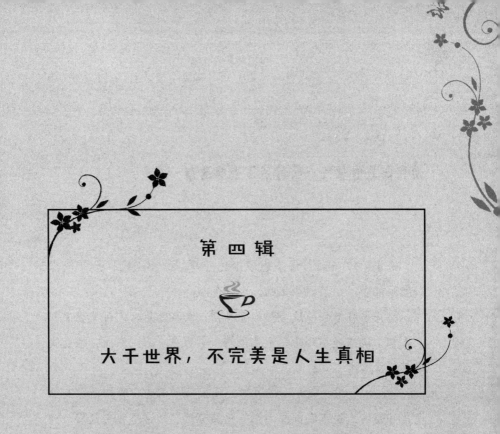

第 四 辑

大千世界，不完美是人生真相

没有向死的勇气，哪有活下去的动力

　　梅子，17 岁时，母亲患尿毒症去世。27 岁结婚，30 岁查出身患尿毒症，32 岁结束婚姻。单身至今。

　　但我很难把眼前这个虽瘦弱苍白，却开朗热情、言笑晏晏的女人和上段描述中这个命运多舛的人联系在一起。然而，她们确确实实就是同一个人。

　　有时候，生活就是一团迷雾，我们看不清前方等待自己的究竟是好是坏，是不幸抑或幸运，是笑着接受，还是哭着逃避。突如其来的尿毒症，仿佛晴天霹雳，陡然改变了梅子的命运，也改变了她之后的生活轨迹。30 岁那年，梅子从单位内退，回家休养。

　　睡觉，看电视，泡网，梅子形容枯槁。她有些迷茫，难道这就是她以后的生活？偶然的一天，梅子在网上遇到了同学大北，得知大北创立了滴水公益团队。梅子精神一振，她兴奋地意识到她的生命从这一刻将重新开启。上帝关闭了一扇门，肯定会打开另一扇窗。她突然有些感谢命运，命运安排她身患重病，却也安排她在最合适的时候遇上了滴水公益。

　　梅子就是天生的公益人。一入滴水，她像一滴水滴进了大海，和无边无际的海洋融在了一起。她从一个只有一颗真心的公益人，慢慢成长为小城公益团队的领头人，从当初团队的几名义工发展到现在700多名义工的团队；从屈指可数的小活动，发展到一年几百场活动……七年来，她把她的每一天都和公益融在了一起。她忘了自己是一个重病人，她说："当一个人把心放在了别人身上，就会忘记了自己。"

那天降温了，十一月的深秋阴雨淅沥。我换上了厚大衣，悄悄地去看梅子义务执勤。每周一早晨和傍晚，梅子都会在十字路口执勤，刮风下雨从未有过间断。薄薄的雨披抵挡不了风雨，车灯打在梅子瘦削的脸上，雨水顺着她的额角缓缓滴落，同时滴落的，还有我的泪水。

她喜欢孩子，每周都要去孤儿院看望孩子，她说她也是从孩子过来的；她热爱老人，去养老院做义工，陪老人聊天，给老人剪指甲，她说她也会有老了的这一天。46岁了，她开始学吹葫芦丝，一曲《月光下的凤尾竹》如泣如诉。她练瑜伽，学英语，她还想画画，吹口琴，打太极拳……和梅子聊天，我时而落泪，时而敬佩，时而叹息。我随即又为我的叹息感到羞愧，在梅子乐观坚强的生命力面前，我又有什么资格替她叹息呢。

隔天梅子要去医院血透一次，一次4小时，孤身前往，无人陪伴。我想象那凄惨的情景有些默然，我说你怎么这么坚强呢？她眨眨眼说，她不坚强，没人替她坚强。

经历过人生最绝望的一段，也许对有些人来说是灭顶之灾；对有些人来说，却也因此彻悟了生命的意义。命运以痛吻我，我报之以歌。也许生命暗透了，也就看到了星光。一个勇敢的人，是有自愈能力的人，是敢于向死而生的人。正如罗曼·罗兰所说："世界上只有一种真正的英雄主义，那就是在认清生活的真相后，依然热爱生活。"

愿我们都被这世界温柔相待

　　大寒的那天清晨，得知一条消息：以前一起在论坛玩摄影的一个女子，半夜开车去了太湖，跳湖自杀了。

　　震惊。

　　湖水那么冰冷，是什么样的绝望让她对生毫无依恋，就那么恣意地纵情一跃？

　　脑海中浮起这悲凉的画面，眼泪如倾。

　　她最后一条朋友圈，是去年 10 月 21 日发的，她朋友圈的大部分状态，都是她的摄影照片，文艺清新美好浪漫。

　　她第一次和我聊天，是在三年前，那时我们混同一个论坛，她玩摄影，我玩文字。她主动加了我的 QQ，说很高兴认识你，我喜欢你的文字。

　　她最后一次和我聊天，是在去年 8 月，那时我刚从草原旅行归来，在朋友圈发了一组旅行时的照片。她发微信给我：你穿的那件红裙好美，能发我一下链接吗（附带一个羞涩的表情）？

　　这是我和她仅有的两次直接文字上的交流。更多的时候，我们就默默地待在彼此的通讯录里，偶尔她给我点个赞，偶尔我给她点个赞。我们不太熟识，却似乎又有一点熟悉，像两个熟悉的陌生人。

　　见过她本人的照片，戴着眼镜，长发飘飘，知性美好，一眼看去就是一个温柔的小女人。

想不通，无法理解，心痛难抑……为什么她有勇气在那样一个寒冷的夜晚，一个人开着车去向太湖，一个人受着冰冷彻骨的寒风在湖边飘忽，却没有勇气活在这个世界？是这个世界太凉薄，凉薄得让她绝望，让她心如死灰？在跳进湖水的最后一刻，她在想什么？

不去猜测事情的真相，只是心疼这样一个柔弱的女子，却会有生无可恋的巨大绝望。

朋友说，她是因为没有爱。

没有爱人的爱，没有孩子的爱，没有亲人的爱，没有朋友的爱。

哪怕有一点点的暖，应该都不会舍得离开这个世界吧？

如果在那个深夜，有一位好友，陪着她聊聊衣服，聊聊美食，聊聊电影，聊聊生活，聊聊爱情，不知道会不会就阻止了她走向深渊的脚步？

如果在那个深夜，有一位她愿意拨出电话和她聊聊的朋友，哪怕只是告诉她：我心里很难过，突然想给你打一个电话。是不是结局也会不一样？

这个早晨，我的心情变得忧郁。我呆呆地看着通讯录上她的名字，看着她永远留在朋友圈里的诗情画意，感慨着命运的残酷和不可捉摸：这个将永远存在我通讯录上的人，我不会删除她的号码，她从此以后却再也不能出现在这个世界。

忍不住想要去寻找温暖。我在闺密群里说，你们要好好爱我哟，不要让我有抑郁症。

闺密马上回复我：你放心，我最会爱人了。

心里立刻觉得暖暖的，似乎安心了。

前几天，突然感觉到好久没看到一位朋友更新朋友圈，点进去一看，原来她把我屏蔽了。

那一瞬间我有一种冲动——顺手把她也给屏了。

想了想，手指又停住了。作家水木丁说，这个世界上，粗暴是大多数人对待他人的方式，我们被粗暴地对待，然后又粗暴地对待别人，这似乎已经成为一种循环。

是的，她有选择屏蔽我的自由，但我却又有什么必要对她的屏蔽做出同等的回应呢？

鸡汤文教导我们，不要把时间浪费在不值得的人身上，既然对方屏蔽你，你又何必贱兮兮地还要展示你的生活给屏蔽你的人看，马上拉黑，分分钟都不要让她待在你的朋友圈。

可是你不觉得，屏蔽对方拉黑对方才是浪费时间好吗？如果你根本不在意她是不是屏蔽了你，你又何必做出这样悲愤的举动？

想想当初你们互加好友时的真诚和快乐吧。

最好的云淡风轻的做法莫过于：你屏或不屏，我一如既往；你看或不看，我一直还在。也许有一天回头再看，屏蔽这种事情只是小孩子才会做的呢。

何必对这个世界充满恶意，更不必对周围的人满含刻薄。如果这个世界太凉薄，那只能说明这个世界上温暖的人还不够多。

韩寒在《后会无期》里说："每一次告别，最好用力一点。多说一句，可能是最后一句；多看一眼，可能是最后一眼。"可是生活中很多的离别都是那么突如其来又猝不及防，我们根本来不及告别，就失去了见最后一面的机会。

如果可以，在告别之前，让我们温柔地对待彼此。

愿我们都能温柔相待，愿我们都能被这世界温暖相待。

在不那么自由的世界，自由自在地生活

微信群里又在热火朝天地张罗聚会。我潜在水底不敢冒泡，但还是被群主 @ 了出来：

"这位同学，上次聚会你也没参加，有点脱离群众啊。"

我嗫嗫嚅嚅，脑子快速转动，得赶紧编排一个合情合理的借口呀。

"实在不好意思，最近忙死了，周末还得加班，下次一定参加。"

发完这一条，我决定无论什么人 @ 我也不冒出来了。

相比较一群人乌泱泱地聚在一起怀旧，我更偏爱一个人宅在家里的自由。

人生苦短，精力有限，哪有那么多的爱和用心，去消耗在无关的人身上？

毕竟，我们的感情没有那么深厚。而好玩儿的事却那么多，有那么多好看的电影等着我看，有书桌上一堆有趣的书等着我读，记事本里还有好几篇未完成的文章，还有很多有意思的人在一起的聚会。我为什么偏偏就要委屈自己，去参加一次不那么愉快的聚会，却仍然要装出开怀大笑的表情？

公司早上上班时间是 8：30，但外贸公司嘛，你懂的，9 点来上班也是常事。

我仍然每天早上 8 点钟就到了公司。

擦桌子拖地板烧水，耐心地观察一下我的植物，浇一浇水，或者摘除掉枯萎的叶子……慢条斯理地做着这一切，不急不躁，等别人心急火燎、匆匆赶来上班的时候，我早已气定神闲地坐在电脑前工作了。

别人有很多的不解：你就不能多睡会儿吗？

真的不能。无论做人还是做事，我喜欢的是留有余地。

老板知道你每天这么早上班吗？有给你评选优秀员工吗？

没有啦。老板不仅不知道我每天都这么早上班，相反我偶尔有事提早下班，倒是被老板撞见过好几回了。

那你不解释啊，你可真够冤枉的！

我笑笑。有什么解释的必要呢，只要自己坦坦荡荡问心无愧，工作又不是做做样子给老板看的。

想起有一次我发在公众号的文章不知怎么东转西转地被董事长看到了，吓出我一身冷汗，赶紧求教我的好朋友大嘴："老板会认为我不务正业吗？"

大嘴的话语重心长："你以为每个人都那么小心眼？况且我们有什么必要去追求每个人都评价你好呢？如果这个世界上每个人都觉得你好，你该普通成什么样呢？"

我顿时醍醐灌顶。这一碗鸡汤，我干了。

微信里总是有喜欢发一连串"在吗"之后就一言不发让人摸不着心思的人。

在吗？在吗？在吗？

面对这些"在吗"，我陷入了沉思。

有一次一不小心回了一个"在的"，对方就甩给我一个链接，滔滔不绝地和我讲情怀、讲初心，最后说，你帮我投个票吧。

嗯哼。说好的初心呢？真想一言不合就拉黑。

再次面对这些"在吗"，我有了心理阴影，我屏气凝神，连大气也不敢喘，成功地假装自己不在。

过了几小时，我已经忘记了我并不在微信，愉快地在朋友圈发了一条状态。

对方幽怨了：原来你在啊，可是你不理人真的好吗？

凭什么我非得理你呢？

凭什么我非得给你投票呢？

凭什么我不可以无视"在吗在吗在吗"而愉快地发自己的朋友圈状态呢？

你可以指点你的江山，但请不要指导我的人生。

电影明星梅丽尔·斯特里普在她的自传中说："我的生命已经到了这个时期——我不想再浪费一点时间在那些让我不高兴或者受伤害的事情上。"

还能同意更多吗？

我只想把时间浪费在那些我自己觉得美好、自己觉得愉悦的事情上，我想要这些不被打扰的私人空间，一点点丰富只属于我自己的个人生活，哪怕这些事情在别人眼中只是虚度。

而别人眼中那些高大上的事情，只要我不喜欢，我一丁点也不想参与。

"如果生活一定要取悦一个人，我想你最应该取悦的是自己。"

在这个不那么自由的世界，请让我按照自己的节奏，自由自在地生活。

那些成功的人，都是干一行爱一行

　　和朋友一起做一个关于孩子和早餐的自媒体，我这个本身厨艺其实只有三脚猫水平的中年妇女莫名地被朋友委以重任，担当起"主厨"的身份。原本对自己的厨艺并没有几分信心，但禁不住朋友斩钉截铁地夸奖、信任和鼓励，我战战兢兢地接下了委任状。

　　既然接了委任状，自然没有退缩的理由。风风火火各种餐具碗碟买起来，研究早餐食谱，重新把闲置了多年已经蒙灰的单反相机拿出来，把说明书认认真真又读了两遍！先是从最简单的早餐开始练手，采买食材，动手操作，最后摆拍成图，一套程序下来，手忙脚乱不说，厨房和餐桌的现场更是一片狼藉，联想起之前做美食摄影的那些朋友，每一张令人垂涎欲滴的图片背后，原来都有着看不见的辛苦和凌乱。

　　就这样连续操练了十几份早餐，欣喜地感受到每一份早餐都有了明显的进步。发图到朋友圈，也得到美食圈和摄影圈朋友的赞扬，感觉厨艺和拍照水平都突然间得到了不小的进益，这种进步让内心获得了极大的满足和治愈，知根知底的闺密却质疑：真是你做的吗？让人难以置信哟。我大言不惭地回复闺密：干一行，就爱一行。

也有朋友私下和我说，感觉这些早餐还是难度太高，学不会。可是那些早餐真的复杂吗？非也。这其中的很多早餐，连我自己都是第一次尝试，做得并不是很完美，但后来我发现了一个秘诀，并没有什么难度很高的早餐，关键只在于，你愿不愿意为做这样的一份早餐去付出你的热爱。

想起我的一个好朋友，做全职太太已经十几年。做全职太太前她是上市公司的猎头，是经济学硕士，为了更好地照顾两个孩子，她坚定地辞了职。社会对全职太太并不是很宽容，热播剧《我的前半生》更是把全职太太推向了风口浪尖。那些铺天盖地鼓吹"女人必须得有一份工作，女人千万不要靠男人养"的毒鸡汤更是让全职太太们如坐针毡。

我的这位好朋友，却淡定自若，这些蹭热点制造话题、老生常谈的言论丝毫刺激不了她。她依然快乐地做着她的全职太太，相夫教子，家里打理得窗明几净，做美食学摄影，健身瑜伽不亦乐乎。更令人刮目相看的是，在空闲时间里她潜心研究心理学，师从美国正面管教导师，在育儿领域有所心得。现在的她，已经是学校和教育机构抢着要拉她去举办讲座的正面管教讲师，全职太太做得风生水起。于她而言，全职太太并不是一种身份，而是一种职业，在这份职业中，她付出她的努力和热爱，也因此获得丰厚的回报。

同事的侄女，长得娇小可爱、清新雅致，喜欢舞文弄墨，却阴差阳错，大学因志愿调剂被录取到了机械设计专业。学成后毕业求职，摆在她面前同时有两个选择，一是进新媒体公司做文字工作，这是她一直喜欢的；二是去一家机械行业的大型国企做机械设计。周围的人也分成两个派别，她所有的同学一致奉劝她要选择自己喜欢的事情作为工作，她父母却认为不能浪费学习了多年的专业。最终她进了国企，从最底层的绘图员做起，四年之后，她荣升为产品设计部的总监。周围的朋友都赞叹她当时的选择正确，她微微一笑："并不是我选择正确，如果我当初选择了做新媒体，我应该也可以做得很好。有人说，干一行，厌一行。我偏不，我要干一行，爱一行。"

　　干一行，爱一行，这样的境界委实让人着迷。深秋渐凉，满目金黄，黄昏时下班，已经有冬天的萧瑟感觉。我决定好好煲一锅汤，守着厨房温暖的小锅仔，听扑哧扑哧的轻响，食物的香气渐渐蔓延，那一刻，我知道自己已经爱上了我的美食新事业。

每一个狠角色，都曾是不甘平凡的路人甲

杜姝，成年之后平均体重180斤，最重时体重高达210斤，在她最胖最丑的时候，杜姝遇到了生命中的最爱。

相爱的人自然要走向婚姻的殿堂，自然想要他们爱情的结晶。然而因体重超标，杜姝被医生无情告诫：不减肥就别想要孩子！

医生的告诫给了杜姝当头一棒，尽管老公和家人没有给她任何压力，喜欢孩子的杜姝还是痛下决心，"为了孩子，为了健康，为了美，为了幸福"，杜姝开始她人生中第二次减肥。

这一坚持，就到了今天，哪怕是在现在，在她已经怀孕33周的时候。

翻开杜姝的朋友圈，满满的正能量，每天高强度的减肥训练，每天让人垂涎三尺又叹为观止的创意早餐，每天传递小朋友在英语学习上的方法和技巧……我佩服她太励志，杜姝却摇摇头："不，我不喜欢别人说我是励志女神，我只是一个习惯把事情做到极致的胖子而已！"

任何事情都要做到极致完美的状态——这便是杜姝做事的终极理念。

杜姝给自己制订了严格的魔鬼减肥计划，前三个月，三个月后，五个月后，九个月后……杜姝的运动量一直逐步递增，中间没有一天停止过训练。挥洒过多少汗水已经无法计量了，那过程的艰辛更是无法用文字来描述。杜姝分享给所有想减肥的朋友她自己减肥成功的心得："不要急于求成，给自己足够长的时间。看似最慢、最困难的路才是真捷径。不要找任何借口，当你意识到这是一件你必须去做的事情，你就没有任何理由偷懒！"

　　写到这里，不得不提一下杜姝的第一次减肥。杜姝的第一次减肥是在八年前，三个月的时间杜姝减了四十斤，可不到三个月后体重又开始反弹，甚至达到了她人生中的最高值。为什么？杜姝坦言，是因为没有节制地"吃吃吃"。减肥不能不控制饮食，但控制饮食绝对不等于不吃。之前最讨厌下厨的杜姝，决定把做饭这件事变得有乐趣一些。这也是杜姝开始做创意早餐的初衷，每天花二十分钟到一个小时聚精会神的创作时间，做一份精致又有营养的早餐，这不仅是一种创造，更是一种挑战，是日复一日的磨砺。

　　杜姝每天的早餐都美得像一幅油画。

　　她的创意趣味早餐，都是适合减肥的健康食材，颜色绚丽，营养丰富，既能很好地调动食欲，又保证了足够的营养。截至落笔，她创作的不重样趣味早餐，已经坚持了650天。或许是因为杜姝的工作，总是和孩子们待在一起，杜姝的早餐也充满了趣味性。她把早餐做成了很多系列，有十二生肖早餐系列，有十二星座早餐系列，有运动早餐系列，有女神早餐系列，还有 QQ 表情早餐系列。因为减肥杜姝开始了创意早餐，又因为早餐让杜姝更关注到了身体，也更明白了健康的意义。如今，在早餐上花的那段时间，是杜姝每天最专注和享受的一段时光。

有人对杜姝每天花这么多时间投入运动和早餐产生过疑问，以为她是一个不上班的全职太太。而事实上，杜姝的工作比一般的上班族都要忙碌许多。身为英语教育机构的老师，杜姝全年只有三十多天假，没有周末，每天连续上课 10～11 小时，说话说到没力气。这样疯狂的工作，正是因为杜姝有着要把事情做到完美极致的信念在支撑。看到自己的坚持能让孩子们受益，让更多想学好英语的人少走弯路，杜姝就觉得她所有辛苦的付出都有了价值。

"游泳一小时，今天又被小伙子说，蛙泳跟不上你，你游得太快了。嘿嘿，那天在健身房又被人问是不是以前是运动员。离梦想的身材还很远，一点点也是进步，至少离不想要的身材越来越远，不进步就会退步。'不积跬步，无以至千里'，心中的目标清晰，脚下的步子稳健，总有一天你会到达你想到的殿堂。"这是杜姝朋友圈中的一条内容。

"目标清晰，步子稳健。"什么时候你不问结果，只是习惯性地去努力，你就真正理解了坚持的意义。因为减肥成功，杜姝获得医生允许，可以要孩子了！可她没有因为怀孕而变得娇气，而是在怀孕期间也一如既往地坚持锻炼。"5 分钟椭圆机热身，自由深蹲 30 × 3 组，左右箭步蹲 15 × 3 组，弹力带屈膝侧抬腿左右各 30 × 3 组，弹力带后踢腿 25 × 3 组"，这是杜姝在孕 32 周时的运动记录。那个曾经 210 斤的自卑小胖妹，在执着和艰辛中，完成了从肥胖者到身材妖娆的阳光美女再到积极勇敢的孕妈妈的完美蜕变。

杜姝无心插柳柳成荫：只是默默坚持的创意早餐被出版社看中，她即将出版创意早餐书；减肥成功，获得了"战神攻士"的励志达人冠军；努力工作，是孩子们最喜欢的英语老师，连续出版了三套"嘉盛英语"绘本……生活总是给你不期而遇的惊喜和生生不息的希望，只要你坚持到底。每个人的时间花在哪儿，时间最终会让我们看到。不得不说，这些活得漂亮、干得漂亮、长得漂亮的人，都是狠角色！

不完美是人生真相

　　我经常到小区门口的一家早餐店吃早餐。

　　早餐店是一对小夫妻开的，主打产品有粢米饭、炒米线和鸡蛋煎饼。虽然才开张了几个月，生意却很旺，每次都要排队等候。老板娘胖胖的，大嗓门，心直口快。我一周要去两三次，每次都点一样的东西，可是她总记不住。有时候排队的人多，等的时间长，就有些不耐烦，拼命催她："快点快点，上班要来不及了！"忙着炒米线的老板娘脾气火爆，扯着嗓子冲我嚷："急有什么用！我总要一盆一盆地炒出来吧！"

　　一旁负责粢米饭的老板，瘦瘦的，虽然穿着普通，却不失英俊帅气，走过来推推妻子，言下之意是：态度好一点。没想到老板娘丝毫不买他的账，眼睛一瞪，双手把铲子一扔：那么你来炒？老板咧着嘴笑，瞬间溜之大吉。

　　这一幕常落在我眼里，我总是窃窃地笑。多可爱的一对小夫妻，日子不就是在这样的吵吵闹闹中度过吗？真好。

　　突然有一天，毫无预兆地，早餐店关门了。

　　再开门，已然是半年以后了。

　　重新开张的早餐店，少了一个人。老板娘依然那么胖，依然大嗓门，依然心直口快，依然记不住熟客的脸。

有一天，坐在店里喝豆花，听到一个顾客问："老板娘，你们家老板呢？"

"走了。另外有家了。"老板娘麻利地炒着米线，仍旧嗓门大大的，回答着顾客的话。

我的心猛地一揪，抬头看她汗出如浆的脸，却辨不出脸上的表情。

微信上加了一个女友，是在论坛上认识的，后来意外发现，我们在同一个城市。

我喜欢看她的微信。无论是文字还是图片，都展示着生活的美好。早起打开手机，会看到她在问候："早安，你好吗？"配上一张自己拍摄并经过 PS 处理的美图，一天的好心情就这样随着她的微信开始。

有一次，她发了和女儿一起旅行的照片，让人惊艳。照片中的两个人，哪里是母女，分明就是姐妹淘。她们在海滩上奔跑，在长长的巷子里回首，在步行街手拉手，在甜品店卖萌……分享着她们的快乐，我心里不由得感叹：为她们娘俩拍照的那个人，该是有多幸福？

更多的时候我看到的是，她做的令人垂涎欲滴的甜品，她开发出来的新菜式，她看了一场电影后的观后感，阳台上的花花草草，还有她自己做的创意手工……

不由得好奇，这是怎样的一个女子啊。若没有满满的幸福滋润，又怎么会有那么多柔软又美好的心思。

直到一次同城聚会,我终于见到巧笑倩兮美目盼兮的她。然而,她告诉我,她是一个单身妈妈。

　　我简直无法控制住我的惊讶:"可是……"

　　"可是我怎么还可以那么开心,是不是?"她笑着说,"一个人无论看上去多么幸福,仍然会有烦恼和不如意。但是我们没必要放大不幸,我们依然可以过得美好。"

　　是啊,当亲身经历了生活的艰辛,才知每个人的生活其实都四处漏风,哪有什么年少时规划的完美生活?谁的生活都有千疮百孔。完美的生活只是每个人内心的渴望和幻想,不完美才是人生的真相,重要的是,即使在不完美的生活里,我们也要怀抱着美好的愿望,努力而坚定地生活下去。

出来混，别那么玻璃心

某天在朋友圈我差点和别人打起了文字仗。事情的起因是这样的：我和 A、B 都是很好的闺密，朋友圈大多朋友也都知道我们三人的关系。那天我贴了一张我和 A 君"情意绵绵"对视的照片，这边 B 君还没表态，一旁却有 C 君跳出来指责我：平时你们三人形影不离，如今你和 A 君公然如此亲密，是要置 B 君于何处？

看到评论我乐了：我和 A 君、B 君关系如何，用得着你一个旁观者来妄加揣度吗？我毫不客气地回复 C：我和 B 的关系如何不用你来界定，事实上我和 B 有更亲密的合影，可是我并没有义务发给你看。

C 继续添油加醋：无图无真相！

事情发展到这儿，我已经感觉到来自 C 君深深的敌意。我不知道她的敌意是因为不喜欢我还是因为嫉妒？平时在朋友圈我和 C 交集甚少，她鲜有原创的微信，而对于她转发的东西我也没有兴趣打开去看，也正因为不是原创，我很少给她礼节性地点赞，虽然她时不时会送我几个赞，但也仅限于"点赞之交"，可如今她突然转变风格在我的朋友圈大放厥词，究竟是什么意思？

冷静片刻，我回复她一个"拱手作揖"的表情，单方面宣布我"弃战"。对于不在同一频道的人，争执没有任何意义，我也丝毫没有解释的必要。

或许是我的态度让C君颇为满意吧。那件事之后，我们又恢复了以往淡淡的交往节奏，她依旧每天转发鸡汤和养生文，依旧时不时地给我点个赞，我依旧没有给她礼貌性地回赞。

礼貌性地"赞"到底重不重要？我以为不重要，可事实告诉我，它很重要。E君小窗和我私聊，说昨晚她和F君茶聚，期间F君颇为幽怨地问她：我很少给她点赞，也很少点评她发的微信，是不是讨厌她？呃……这一问真让我百口莫辩。认识F君还是E君搭的桥，只不过一起吃个饭喝杯茶互加了微信而已，然而对于彼此我们其实还是陌生的。大多时候我默默看一下F君发的微信，而对于她的生活却不敢随随便便地点评，况且我并不想做一个圆滑地周旋于朋友圈的批发点赞人士。可是，一个"赞"，真就那么让人心神荡漾吗？

一直到我好久没有看到Y君和我互动，我才体会到赞与不赞之间，似乎真有一点说不清道不明的气息存在。难怪菜头叔也会感慨：慢慢地你会发现，总会给一些人点赞，而总不给另一些人点，这里面藏着多少唏嘘的心事和隐忍的浪漫。

我默默地去温习了自己的朋友圈，发现Y君竟然有一个月没有理会我的任何一条微信。之前，我们的关系虽不算亲密无间，但也感觉心意相通。可是她为什么一个月没给我点赞，为什么一个月没理会我？如果她忙碌得没空上微信，那我也就释然了，可是我早已经敏感地发现，她只是没和我一个人互动，在别人的朋友圈里，她依旧笑靥如花。感觉到这令人伤感的事实，一直对"赞"并不在意的我，一颗玻璃心也忍不住了。

我终于忍不住问 Y："亲爱的，你是对我有意见吗？为什么你不和我玩儿了？"附带一个大哭的表情。

Y 回复我惊讶加冒汗的表情："这段时间确实比较忙，朋友圈都是抽空刷的，况且你发的都是那么美的早餐和那么美的自拍，感觉有距离，就不知道说什么了。别多想，对你没任何意见啦。"

"玻璃心"瞬间愈合，我又恢复了嘻嘻哈哈的本性，继续在朋友圈贴美图，看不到 Y 君的互动，心也不再碎了。出来混，还是坚强一点吧，别那么玻璃心。

其实，我们每个人都有 A 面和 B 面，朋友圈的生活根本不可能是生活的日常状态，而只是生活中的某个片段，这些片段就像是被美图秀秀一键处理过的照片，过滤掉所有缺陷和痛苦，只剩下阳光和幸福。当我们积极主动地展现出这美好的一面时，大多数的我们是抱着希望别人赞赏的期待去的，即使不赞赏，至少也掺和一下表个态。"一声不吭，像一阵风一样飘过，不带走一片云彩。"嗯，有点酷，有点冷漠，有点伤感情。

习惯了就好了，习惯了就可以淡淡地一笑：很开心你路过，不遗憾你未曾停留。

你不是全部的我，所以你不懂

　　我的朋友 Y 是一位全职太太，她的先生是一家外企的高级管理人员，收入不菲。他们有两个可爱的女儿，香车美屋，家境优渥。

　　男人负责赚钱养家，女人负责貌美如花，这样令人艳羡的生活，应该是上辈子拯救了银河系才得来的吧？

　　于是，在我们想象中的 Y 的生活，也应该是电视剧中的富太太那样。每天早晨将打理得儒雅帅气的先生送去上班，把打扮得活泼可爱的女儿送去学校。给自己泡上一壶美容养颜茶，在繁花似锦的庭院里听音乐闻花香。中午约上和她一样的全职太太去逛商场，就近在有格调的餐馆就餐。下午约上私教上一堂瑜伽课，然后去美容院做一个全身 SPA。有时闲着闷了，就临时出发去机场，随便赶上哪班就搭上哪班飞机，比如飞到海边，独自躺在海边的躺椅上不发一语，当晚再飞回去，当没事人一样……

　　然而，她不是。

　　每天早晨，她也会泡上一壶茶，还会拎上她的笔记本电脑，不是在园子里与花自拍，而是在为她的课程备课。虽然是全职太太，她却比一般的职业女性还要忙碌，因为不仅要亲自照顾家人，自己还在闲暇之余考了心理咨询师，通过了美国正面管教注册讲师资格考试，开办了正面管教学堂，开设了心理咨询一对一课程。顺便还捡起了丢了十几年的英语，悄悄地报了英语外教班。不仅如此，每月还要去北京、上海、广州等城市参加各种培训，不断地提升自己……

面对这么上进的朋友，我恼羞成怒：比我优秀、比我富有、比我幸福，还这么不知疲倦地努力奋斗，我却只知道刷朋友圈、刷微博刷得天昏地暗。

我问她："为什么你要那么拼？如果我是你……"

她打断我，微微一笑："你不是全部的我，所以你不懂。"

我一呆，又似被触动。是的，我只知她的外表风光无限，物质生活完美无缺。可是那只是她展露给我们看的那一面，她内心的渴求和理想，又岂是旁人仅凭两只眼睛就可以获悉？

我不是全部的她，她的生活符合世人眼中的完美，但那或许并不是她自己心中的完美。

收到 S 的微信消息：520，秀恩爱的日子，我离婚了。

我惊呆了，抓起电话就打过去："你疯啦？！"

过得好好的日子，怎么说散就散了呢？十几年的婚姻，怎么能说离就离呢？虽然 S 和她先生算不上郎才女貌，也似乎没有太多琴瑟和谐，可大多数人的婚姻，不就是这个样子吗？一个锅子里吃饭，一张床上睡觉，激情化为平淡，婚姻成为责任，爱情就像左手摸右手。可是只要没有原则性的错误，为什么就不能将就？况且，还有未长成人的女儿。

S说:"什么才是原则性的大错误?众人眼中的原则不是我的原则,我只为我自己的原则埋单。"

"可是,毕竟你不年轻了,一个离婚女人,拖着一个女儿,以后的日子怎么过你想清楚了吗?你以为你还是 18 岁时候的你,后面有一排男人排队追你吗?你难道不知道你早已经过了可以任性的年龄了吗?"

S淡淡一笑:"我为自己到了现在这个年龄依然可以勇敢地任性而骄傲。"

"可是……"

S打断我:"没有可是。你不是全部的我,所以你不懂。"

是的,我不是她,我只看到他们相敬如宾的婚姻,看不到他们婚姻背后的千疮百孔。

在一起的原因或许只有一个,而分开的原因,可以有许多个。分开会孤独,但一个人的孤独,永远好过两个人在一起的孤独。

报名参加一个新媒体写作训练营,每天要完成一篇 1500 字以上的文章,三天不交作业就会被踢出局。

犹豫了好几天:白天上班根本没有时间写文,晚上要做饭洗碗,要瑜伽健身,回家要洗澡洗衣。全部忙完坐下已是晚上 9 点,第二天早上要 5:30 起床给孩子做早餐,势必要在晚上 11 点前睡觉,如果参加写作训练营,就意味着每天仅有两小时休息时间的我,必须放弃休息,放弃原本在这个时间段的刷手机、刷剧,放弃原本在这个时间段无所事事的发呆和闲聊。当然,最担忧的是,每天 1500 个文字并不是我放弃了这些玩乐就能行云流水地制造出来的。

为了给自己壮胆，我在闺密群里发誓："我要离开你们一个月，这一个月你们不要找我吃喝玩乐，我要去发奋了，我们一个月后见！"

闺密阻拦我："你说你这是何苦来着？好好地享受生活不好吗？非得把自己逼得那么'正能量'，非得把自己折腾得皮包骨才好吗？"

我摇摇头："你不是全部的我，你不懂我。"

是的，闺密只看到我的表面，衣食无忧，闲来听雨写字，又文艺又健康。可是，我却在慵懒中看到一个渐渐失去激情的自己，我不想在悠闲中消沉，更不想在颓废中后悔。我想要看到一个"燃"起来的自己，步履不停，书写不止。

也许你有一点懂我，但你不是全部的我，所以你不会懂。我们孤零零地来到这个世界，相遇，然后告别，每个人依然都是孤单的自己。我们兜兜转转，寻找，彷徨，迷茫。我们做过不被理解的事，我们犯过不被原谅的错，我们栽过跟头，也曾撞得头破血流。我们长夜里痛哭，风雪中无数次掀翻了小船。我们为爱人活着，为孩子活着，为父母活着，为朋友活着，但唯独忘了我们也应该为自己活着。为了遇见那个理想的自己，那个也许永远不能被别人所理解的自己，我们在人生的路上踽踽独行。

为什么我们厌倦朋友圈，又离不开朋友圈

一向活跃的小 A 在朋友圈沉寂了两天。之后她突然出现在群里："姐妹们，我刚才在健身房跑步，边跑边思考，做出了一个决定，我要退出朋友圈了。"

跑步容易让人兴奋，头脑发热，我赶紧提醒她："你在群里说说没事，但是千万不要到朋友圈发退出声明。要退出，也静悄悄退出好了。"

是的，我一点都不好奇小 A 为什么会突发奇想要退出朋友圈，因为我也无数次闪过这样的念头，我担心的只是她放话太狠不给自己"重出江湖"的余地。

果然，不到半个月，小 A 又重新出现在了朋友圈。

前不久，写了一篇《朋友圈，你玩累了吗？》的文章，成文的那段时期，恰好是自己极其厌倦朋友圈的时候，那种厌倦到了什么程度呢？似乎非得要发出一点声音告诉大家，朋友圈，没什么好玩儿的，赶紧洗洗睡吧。

写完那篇文章，我一度关闭了朋友圈。可是不到两天，我又重新打开了它。看不到那个诱人的小红点，虽然很安静，可是真的很寂寞呀，真的很想知道圈里的朋友都在干什么呀。后来我给

自己规定，只在每天的固定时间段刷朋友圈，但我也终于知道，原来，我根本离不开朋友圈。

为什么我们会对朋友圈从新鲜到依赖直至厌倦？

一、朋友圈里并不都是真正的朋友

不知什么时候起，微信成为首选的社交方式。初次见面，不再互留电话，而是拿出手机扫一扫。我们把做美食外卖的老板扫成了朋友，我们把饭局上初次见面的陌生人扫成了朋友，我们把淘宝店主扫成了朋友，还有同事、亲人、文友和跑友……我们用不到一分钟的时间，就把以前我们要相处一年、两年甚至三四年才能深交的人变成了我们的微信好友。

二、朋友圈的各种晒让我们心情波动似股票曲线

他晒包包晒名表晒海外游，他晒文采晒摄影技术晒诗情，他晒岁月静好人生无悔，他晒日日加班累成狗，他晒娃秀恩爱，他晒妈示孝顺，他晒摆盘秀厨艺，他晒自拍秀颜值……每一种晒都能让围观者心情跌宕起伏百转千回。

三、朋友圈的微商党、鸡汤党让我们防不胜防

有了朋友圈，很有可能，一夜之间你的朋友成了微商，你屏蔽也不好，不屏蔽也不好，从此任由他在你的朋友圈遨游。你也觉得惊奇，从前最讨厌看书的同学竟然成了鸡汤党，早也煲，午也煲，晚也煲，鸡汤虽无毒喝多了也腻味啊。

四、朋友圈让单纯的朋友关系变得复杂

朋友圈，滋生了一批纯点赞党、利益点赞党、你来我往点赞党。原本应该真诚的一个举动却变成了最不走心的顺手人情，甚至是互利互惠。更有上司和下属之间，客户和对手之间，小白和大咖

之间，或小心翼翼或曲意逢迎或阿谀奉承或钩心斗角、刀光剑影，如此种种，令围观者不得不一声叹息。

既然看得如此透彻，可为何我们又离不开朋友圈呢？

一、朋友圈记录的生活是如此珍贵又美好

有一天我要找很久之前的一些图片，于是我重温了我的朋友圈，结果，我就被以前那个在朋友圈的自己给感动了。

那时的我，细腻。去菜场买菜，偶遇瓢泼大雨，在屋檐下躲雨，却不忘拍一朵路边雨中的小花。

那时的我，诗意。下班回家冲到露台收衣服，突然看到远处快坠落的夕阳，美得让人惊叹，赶紧冲下楼拿手机，拍下这绝美的一瞬。

那时的我，还自恋、热情、敏感、冲动，却时时刻刻会去发现和体会生活的美，会被沉重的事情打击，也被袖珍的烦恼困惑，更多的仍然是，被细碎的美好打动。

二、他若不安好，也是晴天霹雳

有一阵，活跃在朋友圈的鸡汤人士 Y 突然销声匿迹。一开始，我还很欣慰，哇，没有了他的刷屏，朋友圈清净了许多呢。一个月后，他还是悄无声息的。我开始纳闷，他去哪儿了呢？他生病了吗？两个月后，他还是沉默，我开始担忧，他发生什么事吗？终于还是忍不住，私下发消息问他：最近好吗？没有回音，只好求助最后的联络方式——电话，得知他安然无恙，才放下心来。

原来，我并没有自己想象中的那么讨厌他。我讨厌的只是他的鸡汤，却仍然会把他当作我的朋友，可以不联系，却仍会牵挂。

三、朋友圈不光是秀和晒的场地，也是一个正能量的聚集地

朋友 M，和我同一时期买的单反，同一时期混的摄影论坛，

如今，她成了小有名气的独立摄影师；朋友Y，会摄影，会做美食，会写文，会书法，最近她又拿起了画笔，从一个毫无基础的画画小白自学成才，看到她的画我的心就不由自主地沉静下来；朋友R，从一小盆花花草草开始，花了三年的时间，把自己家的露台打造成了空中花园；还有W，没有任何功利之心学习英语，现在已能流利地和老外对话，还能把旅途中的故事写成英文去参加演讲……每一个朋友的身上都有闪闪发光的地方，为了和能她们同行，我始终不敢放松自己的脚步。

四、朋友圈是个小型的社会，微妙却可看尽世态炎凉、人情冷暖

在朋友圈，付出的真诚可能会被忽视，想要的温暖也可能求而不得，生活不是只有正能量能让人成长，那些无法逃避的心酸和现实，那些起起伏伏的不安和困惑，最终还是要试着去接受。不纠结，不妄想，不沉醉，也不伤害别人。在朋友圈的熙熙攘攘、你来我往中学会克制，学会交往，学会理解，也学会包容。看清自己真实的内心，潜入生活，相信黑暗的尽头终会曲径通幽，总有一束微光将我们照耀。

一个成熟的人，应该是理性的，对这个世界的认识应该是多元的。这个世界不是简单的对与错，不是非黑即白，不是非此即彼。就像我不喜欢咪蒙了（曾经非常喜欢），但我仍然会读她的文章。你可以说她功利，说她粗俗，但她同时又那么乐观，那么催人向上。

朋友圈不是天堂，当然也不会是地狱。朋友圈，我有些爱，也有些倦。有时我会想离开一会儿，离开一些关心，也离开一些羁绊。但我不会离开太久，"广告"之后，我还会再来。

没有自虐过的人生，怎能拥有酣畅快意

　　我的朋友 S 辞去了她稳定的公务员工作，在市区租了一个小店面，开了一家小小的甜品店。

　　甜品店很小，小得全部坐满也只能坐 10 位客人，却很温馨。遍布的绿植和鲜花，靠墙的一排柜子全部摆放了 S 自己珍藏的书籍。每一款甜品都是 S 亲手制作，咖啡也是她现磨。把身子埋进 S 店里软软的沙发上，咖啡和现烤菠萝油的香气扑鼻，我由衷地替 S 开心：你终于过上自己想要的生活了。

　　自从三年前 S 把一个烤箱搬回家，她就在烘焙这条路上越走越远。

　　别人在追剧，她在美食大咖的博客里潜心钻研烘焙技术；别人在刷朋友圈，她在厨房费劲揉面；夜深了别人在呼呼大睡，她歪着脑袋打着瞌睡等着面团的二次发酵；做出来的东西在家里并不受欢迎，而且还得不到先生的理解：想吃什么就去买嘛，非得这么辛苦自己做？

　　为什么呢？ S 说："看到散沙般的雪白面粉，慢慢地一步步在自己的手下变成了小巧精致的面包，你不觉得这是一件很奇妙的事吗？"

我摇摇头："我怎么觉得更像是自虐呢？"

虽然拥有了自己梦想中的小店，可并没有想象中舒适的老板娘的生活。

所有的原料到货都要由S自己清点查看，40公斤的面粉袋也要她亲自搬运；小店虽说10点钟才开业，可是却每天都要6:30起床，因为每个工序都要考虑周全；手臂上有好几处烫伤都是出炉时弄的，吐司出炉的速度要非常快，如果面包来不及脱模的话容易塌陷，之前的辛苦就白费了；如此种种，不一而足。

我看着S在店里欢快地忙进忙出，仍然决定打击她："可是你这么个小店能赚多少钱呢？"

S吐了吐舌头，调皮地说："等上了轨道，只要能和我上班的收入持平我就满足了。"

可是上班的时候你多么轻松，现在呢，却如此辛苦。

S给自己调了一杯咖啡，挑了一本书，伸了一个长长的懒腰，舒舒服服地在我的对面坐了下来。那一刻，我在她眼中看到了真实的喜悦和满足。

想起S对我说过的话：看到刚出炉的面包，我双眼放光，像是在和自己亲手做出来的生命在对话。

Y每天下班不是急着回家，而是先去健身房跑步。

算了下，Y坚持跑步已经有三年。我亲眼见证她，从一个不胖的瘦子，跑成了一个健康，活力四射，身材紧致的瘦了。

别人下班聚会，她在健身房挥汗如雨；别人对着美食大快朵颐，她跑步回家就一碗番茄蛋花汤吃一碗米饭。也有坚持不下去的时候，在朋友圈感慨万千："我这么自虐究竟为了什么？我不是为了好看，年轻的时候都没有美成一朵花，更何况现在人到中年，我只是在抵抗每天在拉我下沉的那股黑暗力量。"

三年的坚持，跑步从一件她讨厌的事情变成了一件愉悦和享受的事情。一天不跑，就浑身不舒畅，只有迈开步子，挥洒过汗水了，这一天才觉得圆满。

再来说说我自己，心血来潮去办了一张瑜伽卡。

瑜伽年卡花费了我不少钱，为了不辜负花出去的每一份血汗钱，迫不得已地在心里喊着要坚持。

想象一下吧，一个从来没有学过舞蹈，二十多年没有运动的资深宅妇，一下子要去做那些柔韧性的训练，无异于是在遭罪。

每天上课，都有坚持不下去的动作，累得痛得想要掉眼泪，想狠狠地痛骂自己：谁让你自己来找罪受的！

再想想本来这个时候的自己，应该是舒舒服服地躺在沙发上聊天看书追剧。

现实却是，每天下课后，拖着累残了的双腿一瘸一拐地回家。

闺密嘲笑我：活该！人家自虐也就算了，你还花钱找虐！

可没有自虐过的人，又怎么会拥有最快意的人生？

同事说肩颈酸痛不能忍，只有依靠盲人按摩才能勉强坚持上班，我却可以轻松灵活地舒展自己的肩颈；和闺密一起去泡温泉，她们遮遮掩掩着自己肚子上那一层"游泳圈"，咬着牙说回去就减肥，我却可以傲娇地展示我的纤细小蛮腰，还有隐隐约约的马甲线。

你为着那份薪水，每天掐着点打卡上下班，四处奔波，羡慕可以慢条斯理坐在自己的甜品店里喝咖啡读书的 S；你天天宅在家里做沙发土豆，看看自己一天天皮肤松弛脸色晦暗，对着 Y 的玲珑身材流哈喇子时，你并没有想到过她们曾经百般自虐过的生活。

是她们不知道享受，不知道安逸，不知道混吃混喝，不知道炸鸡配啤酒比西红柿鸡蛋汤更美味吗？

不，是因为她们懂得，唯有自虐，才能够自律，唯有自律，才会有更大的自信和自由。

不自虐一点，不对自己狠一点，怎么能够拥有酣畅快意的人生？

一个注重细节的人，会从人群中脱颖而出

生活中时常有一些细节，想起来就不觉会嘴角上扬。

朋友叶子是北方人，会做包子。某日她起了个兴，说春天到了我们聚会吧，我做包子带来给你们吃，大家自然纷纷道好。聚会那天，一群人口水滴答地鱼贯而入，看着保鲜盒里还热气腾腾的包子一哄而上。

满足了口腹之欲，众人竖起拇指点赞，感谢叶子一天的辛苦忙碌。慢慢坐下来，才发现茶几上有一束粉粉的陆莲花，鲜艳欲滴，煞是动人，顿觉先前所有的夸奖都黯然失色。花是参加聚会的另外一个朋友梅子带给叶子的，梅子淡淡地说，知道叶子喜欢花，就顺道买了一束带来。是啊，叶子的微博里已不止一次地发过她在花店流连的照片，可我怎么就没想到呢？一个小小的细节映衬了一个人内心的温暖情怀。晚上，看到叶子在微博里写着：抱着满怀的陆莲花回家，有小小的欢喜。

小宛发短信给我，说从我这儿借的书看完了，她准备拿来还给我，放我们公司的传达室行吗？我说好。下午刚上班，又收到小宛的短信：书已放在传达室，巧克力和咖啡，是你的下午茶。我不禁莞尔，雀跃着去传达室取书，书装在一个白色的纯棉布袋里，

袋子用同色的麻绳收得紧紧的，我一下子就对这个布袋一见钟情。伸手拿书，袋装咖啡和巧克力从白色袋子里滑出。春意浓浓的午后，啜饮一口醇香的咖啡，巧克力在嘴里融化成了醉人的甜蜜。

还有一次，出门去超市购物。下楼，看到车被一辆陌生的汽车给挡住了。气呼呼地掏出手机正欲拨打"110"，咦，且慢！视线里观察到对方的车前挡风玻璃上似乎插着一张白纸，心有所念地走过去，拿起纸条一看，上面写着一个手机号码。试探地拨打了纸条上留的电话，对方果然是汽车的车主，车主抱歉地说"不好意思，马上来移车"，我笑着说"不着急，我有足够的耐心等"。一个举手之劳的小细节，如春日的一缕微风，吹散了人心里的阴霾。

我喜欢这些小小的细节，就像我爱的那些美好的衣物，也许它非品牌，也不出挑，但设计师体现在衣服上那些小小的不张扬的细节，却随处可见，几枚质朴的木扣子，胸前的风琴褶，下摆处的小开衩，漫不经心中巧妙地隐藏了设计师的精心构思。

想起关于李安的故事，他拍《色戒》的时候，电影里的电车是按照当年的尺寸建照的，汽车后面车牌的尺寸也是按当年的尺寸造的，甚至道路两边的法国梧桐树，都是他一棵一棵种下去的。一个大导演认真在做这些看起来没有多少智慧含量的工作时，就表明了他是一个不藐视细节的导演。

一个注重细节的人，无形中传达出了他的生活方式以及他对生活和工作的态度。温暖、动人、执着、细致、巧妙、贴心……这些美好的形容词就在那些细枝末节里以一种随意的姿态脱颖而出。

当我们使用表情包时，我们在表达什么情

弦歌是我朋友中聊天的时候最爱用表情的。

这不，微信自带的表情库又更新了几个表情，她用得欢乐极了。而且，她发表情有个习惯，同一个表情，她会连起来一下子用三个。可是她并不知道，有时候她发出来的表情，到了用微信网页版的我这里，看到的却是这样的：

［收到了一个表情，请在手机上查看］

彼时，坐在电脑屏幕前，看着弦歌文字版"表情"的我，真实表情是这样的："捂脸""奸笑"。

如果人没有了表情，那和死鱼有什么区别？

为什么我们聊天的时候都爱用表情？

因为我想让屏幕那端的你，更快更直接地接收到我从表情中传递出来的信息和心情。有时候，表情比文字更灵动活泼，它就像汩汩流淌的泉水，让不善言辞的我们化身一个个诙谐幽默、妙趣横生的人。

就像一个"笑哭了"的表情，有时它是喜极而泣的快乐，有时它是无可奈何的惆怅。它既可以表示高兴，也可以表示痛不欲生。它能让你笑得肚子痛，也能让你眼泪如倾。如果你懂我，你就会

懂我表情中的言外之意；如果你不懂我，那么世界上最遥远的距离，莫过于我发了一个"笑哭了"的表情，你竟然问我为什么哭。

我们常常说，还能不能愉快地聊天了？

不能聊天，至少我们还能斗表情啊。经常和我家小马同学在你来我往的斗图中，消除了别扭隔阂和冷战，相逢一"斗图"就泯了恩仇，何等快意。

那么，你身边有聊天从来不用表情的人吗？

弦歌说，一个连表情都不用的人，没法与之交往。这句话怕是说到了所有表情包达人的心里吧？

想到我的哥哥，他也是使用网络几十年的人了。前不久我们见面，他拿出手机问我，微信里的这些表情究竟是什么意思？我指着表情一个一个讲解给他听，这个是"微笑"这个是"大笑"这个是"调皮一笑"……后来他经常在和我聊天的时候"微笑"。别人发我一个"微笑"，我会呵呵一笑消失了。但我哥对我微笑，我知道他是真的在微笑。

还有一个朋友，是一个从来不用表情的人。他说，不喜欢用表情，也不会用，只喜欢用文字交流。他是一个有点传统的人，又有点认真和郑重其事。奇怪的是，用惯了表情的我，一和他聊天，竟然也真能忍住不用表情。

有时候想，我们如此偏爱表情，是不是因为我们惰于思考，或者词穷？知乎上有一个提问：小时候背那么多诗有什么用？

一个点赞数很高的回答：为了长大以后我们面对三千世界里的无数美景时，脑子里出现的不是"我×""牛×"，而是"落霞与孤鹜齐飞，秋水共长天一色"。

同样，当我们面对美妙的图片和文章时，除了"点赞"，难道就没有更多的语言去阐述心中的所感所悟吗？

当我们对表情产生了依赖，是不是我们就真的无法用文字去表达一个完全真实的自己？

我们用表情传递出一部分想要表现的自己，同时也掩盖了另一部分真实的自己。分明在笑，却"大哭"；分明无奈，却"龇牙"；分明悲伤，却仍然"喜悦"；我们用表情给自己戴上了各种光怪陆离、夸张搞笑的面具，恍惚中忘了面具后面那个真正的自己，究竟是喜是悲，是哀还是乐？而我们，也并不知道，屏幕对面那个和你表情来表情去的，究竟是不是他真实的自己呢？

当一切都只剩下了表情，谁能保证屏幕那端的是不是一条狗呢？

有一次，向我那从来不用表情的朋友咨询一个问题，他竟然秒回了我一个"微笑"（那是他第一次用表情，我估计也会是最后一次）。

隔着屏幕的距离感汹涌地扑面而来，而我那朋友，毫不知晓我内心的百转千回。

事后我问他，他说，那天正好在忙，没空马上回复，又担心我着急，情急之下，就"微笑"了一下。他彬彬有礼地问我："微笑"有什么问题吗？

我想，他大概永远也不会明白为什么"聊天会止于呵呵"，而事实上，他也根本不必明白。

那之后，我和他聊天，再也没有用过表情。

朋友圈，一群人的狂欢

朋友圈又开始年终总结，我也不能免俗地去玩儿了一把。

去年我发了 364 条朋友圈，平均下来是每天一条，但我其实并不是每天都发，心情好时一天发好几条，心情低落时半个月不吱声也是常态。和朋友圈晒出来的那些数据相比，我庆幸自己在朋友圈不是刷屏狂魔。

温习了一下这一年发的朋友圈，发现我在朋友圈的生活真是流光溢彩，简直像在走星光大道。

展示最多的是精致的美食，虽然确实是我自己下厨房精心制作的，但为了上传朋友圈，每次拍照前都要花上 5 分钟摆盘，铺上漂亮的台布，"凹"一个文艺的造型，还要呼唤小马为我当下手——刚出锅的食物总是热气腾腾，没有小马在旁边为我吹开热气，我怎么可能拍出那么多美貌的照片？

每次旅行的照片，也是我朋友圈狂晒的主题。无论长途抑或短途，哪怕只是城郊的一次游走，也必须得在朋友圈广而告之。最疯狂的一天，我竟然共连发了六条自拍、视频，频繁地刷屏估计引起了朋友圈一众人等的鄙视和仇恨，到后来，就连点赞的人也寥寥无几了。

除了美食和旅行，我也爱分享日常生活中的小欢喜。春花秋叶夏荷冬雪，都会让我驻足对焦，每张图片都"P"得文艺浪漫，当然还要配上诗意的文字，低调地展现一下"PO主"的"才华"。

复习一圈下来，自己也被自己在朋友圈"Bigger"满满的美妙生活给感动了。原来，我在朋友圈一直生活在阳光明媚如鱼得水中，没有忧伤、没有烦恼、没有暴躁、没有心如死灰，有的只是温暖美好、前程似锦。

我又随意打开了几个朋友的朋友圈浏览他们这一年，不外乎都是美图、美食、美文、美好的心情，似乎每个人都生活在天堂，无忧无虑。

朋友圈，真像是一群人的狂欢。

可是我好几天没有看到某个朋友更新朋友圈，私下问她，最近好吗？怎么不见你发朋友圈？

朋友郁郁地说，心情不好，闭关中。

心情好的时候，会快乐地在朋友圈分享，否则这快乐就是锦衣夜行；心情不好的时候，却会让自己孤独地沉入谷底。这似乎成了我们在朋友圈的常态。

为什么我们都只愿意在朋友圈展示自己美好的一面，而消沉低落的另一面，只留给了我们自己独自咀嚼独自疗伤？

因为朋友圈里并非都是真正的朋友，我们可以心无芥蒂地炫耀嘚瑟，也许会得到赞也许会拉来仇恨，这些并不会对我们造成一丝一毫的影响。但如果我们毫无保留地发泄自己负面的情绪，也许我们仍然会得到赞，还有大部分的不知所措和小部分的不以为然。因为除了你自己，没有人会明白你真正的悲伤，生活中从来也没有"感同身受"这回事，所有的一切终究只是你一个人的感受。

电影《三傻大闹宝莱坞》中有这样一句台词："当你的朋友失败时，你会很难过；当你的朋友成功时，你会更难过。"很残酷的一句台词，却道尽了人间百态。

有一句戏语："你有没有什么不开心，说出来让我开心一下？"两句话有异曲同工之处。

大部分人的选择都会是：我宁可自己不开心也不想让你开心。

前几天，有个朋友在朋友圈发状态，责骂老公半夜K歌不回家，骂词粗俗不堪……真让人有不忍直视之感。几天后她又在朋友圈故伎重演，而她发的状态下面一片沉寂，朋友圈的一群人集体缄默。

我终于忍不住私下微她，不要在大庭广众之下发这样的信息，爱你的人看了会心疼你，而大部分人只会当一个笑话看。

过了几天，他们夫妻和好了。她给我打电话，说太冲动在朋友圈发了那些信息，很后悔，现在都删除了。

就让朋友圈成为我们心中繁花似锦的一块圣地吧。我们在这里用最美好的角度，更新着我们想要的生活。我们的照片都要"PS"，我们的假期不是在旅行，就在要旅行的路上。我们晒孩子晒包包秀恩爱，我们喝着营养过剩的鸡汤，我们每个人的生活都轻松如意，我们都是朋友圈最幸福的人。

主持人鲁豫说："人家说孤独的人是可耻的，于是可耻的人用消费狂欢来忘记孤单。其实，你也没有变得更孤独或更不孤独，因为没人倾听的依然没人倾听，没法倾诉的依然没法倾诉。"

不要在朋友圈晒苦难，因为它，真的承载不了我们的孤独和忧伤。

那个保安大叔，我没有比他更体面

经常去税务局办事，我和门口的保安大叔混得很熟。

保安大叔人挺好的，我倒车的时候他会热心地在一旁指挥我，下车的时候我就对他露一笑脸。一来二去，他就认得我了。我再去时，他就会对我唠几句嗑，"今天来办事的人不多，空着呢"，或者是"明天不上班了吧？又可以休息了"。还有几回，我一下车，他就紧张地跑过来对我说："刚警察在路边贴条，边上这一溜儿的车全贴满了，你赶紧开里面去找找位置。"

有一回我又去办事，可是没车位了。我壮着胆把车往马路边一靠，找到大叔："大叔啊，您帮我看着点，我就进去拿份资料，五分钟的事，马上出来。有警察来了您赶紧呼我哈。"大叔麻利地说："好咧，你尽管放心。"

我果真就能把心放得妥妥的。

女友微微买了辆新车，是 JEEP 的新款牧马人，那个拉风哟。办车牌那天，她硬是要拉上我，说她连税务局门在哪儿都不知道。我说你就矫情吧，4S 店不是提供全套办车服务嘛，哪还用得着你亲自过问这种小事？她满意地说，我这不是新车拉你第一个过瘾吗？好吧，君子有成人之美，谁还没点虚荣心呀。

刚从她那辆还没贴膜的新车上下来，保安大叔就迎了上来，热情地和我打招呼："你今天自己没开车呀？"我笑着对保安大叔点点头，还跟他简单解释了一番。

微微早已走得远远的，我小跑几步追上她，她特鄙视地把我从头到脚打量个遍，恨铁不成钢地数落我："我说你这么多年怎么一点长进都没有呢？连保安这样不体面的底层人物你都能混成朋友，难怪你到现在还是个小小办事员。"

我低头看自己，灰扑扑的平底鞋、大卫衣、牛仔裤；再看看眼前靓丽的微微，妆容精致，LV 的小坤包霸气地夹在手中，看不清眼神的偏光蛤蟆镜，一看就知道是个上流社会的体面人啊，不禁有些自惭形秽。

被微微当头呵斥了这一通之后，再去税务局办事，我竟然有些躲避着保安大叔的热情，虽然我自己也觉得这事办得挺莫名其妙的。

话说有天我又去那儿了，远远地我就看到保安大叔站在门口的台阶上，我把车开进去，我注意到他露出开心的笑容。但是——下了车，我昂首挺胸神情高傲目不斜视地从他身旁走了过去……

其实一走过去我就后悔了。

我一直不敢回头去看保安大叔的神情。

微微要我和她一起去参加一个聚会，还特意交代我，别穿那些宽宽松松的麻布袋破衣服，把自己捯饬得精致点，化个妆，参加聚会的可都是场面上有头有脸的人物，对我将来有好处，我可得有点眼力见儿。

我战战兢兢地赴约了。

席间觥筹交错，每个人看上去都很精英，除了我。他们高谈阔论，我木讷得插不上话，只好在脸上始终摆一个温婉的微笑，A说他买了某某房产的别墅，800万；B说刚在北京参加了一个广告创意大会；C说昨天才从欧洲回来，不日要去非洲采风；还有微微，说全职太太的日子腻味了，想投资个咖啡店玩玩……

他们侃侃而谈，竭尽所能地描述自己高端又体面的生活，唯恐占了下风。

嘻嘻哈哈的间隙，突然有一个人转头问一直沉默的我，请问您在哪儿高就？

我脸涨得绯红，正想说自己只是一个小职员而已，微微用眼神制止了我，笑靥如花地说，她呀，是一个自由撰稿人，专写各种文案，以后各位有什么需要，尽管找她。

我如坐针毡……

我想我根本不适合这种"体面人"的聚会。

最近一次见到大叔，就在前几天。大叔正在好心劝说司机别把车停在路边，待会儿有警察要贴罚单哟。我在一边微笑地看着，真是一位又认真又善良的大叔啊。我走过去，甜甜地和他打招呼，好久不见啊大叔。大叔把脸笑成了一朵花。

也许金钱和地位确实能给我们带来体面和高端的生活，但并不是所有的体面，都是用金钱和地位堆砌出来的。如果体面只是穿名牌、戴名表、开豪车、住豪宅，这样的体面也未免太过浅薄。也许我们没有能力让名牌包裹自己，但仍然可以穿得干干净净；也许我们一辈子踮着脚步也仰望不到上流社会，但仍然可以努力做好自己的工作。摆出姿态给外人看的体面未必是真体面，真正的体面，绝不是外在的光彩，而是每个人内心丰盈宽广的外溢。那些内心坚定，热爱生活，面对尘世的磨砺，依然笑得坦荡、笑得真诚的，都是体面的人。

你的修养，是你后天的容貌

因为一篇稿子，编辑要一张我和女友们的合影，于是我精挑细选了一张每个人表情都不错的照片，征求她们各自的意见。

结果，问题来了。

A说，这张我不好，脸太大了，我适合侧脸照。

B说，这张我不好，我的牙齿不整齐，要笑不露齿的才可以。

C说，怎么挑了这张？你们不觉得我那隐约的双下巴都露出来了吗？

我苦着脸说，其实这张照片，我也不十分满意自己呢，似乎笑得有点苦涩……可是，你们不觉得要挑选一张各自都满意的合影是不是有点难度？

最终还是把这张"各自都不太满意，但却真的没有比这更好的选择"的照片交了上去，每个人心里却都还有点小拧巴：交上去的这张相片固然是集体效果最好的，却都不是本人最满意的。

这不免让我联想到，是不是我们每个人的潜意识里，其实都对自己的长相，有着或多或少的不满意。如果觉得自己的长相无可挑剔，自然怎么上镜都不会有缺陷，自然怎么挑选都拿得出手。

那么这世界上真的会有对自己的长相自始至终完全满意的女

人吗？反正，我坦白承认我肯定没有这样的自信。如果给自己的长相打分，满分是十分的话，我可能会给自己打七分。那缺少的三分，我希望自己的牙齿再整齐些，鼻梁再高一些，皮肤再白皙一些。

曾经因某部电影在少女时代就获得金马奖最佳女主角的女明星，在网上的人缘却越来越差。曾经自然清纯的脸庞，如今被满脸的玻尿酸代替，僵硬的表情实在让人感受不到几分美感，不少粉丝叹息着要粉转路人。

这样的事实不免让人心碎，花巨资去改造自己的五官，本意是想让自己变得更完美，而在各位看官的眼里，却并没有达到理想的效果。一个人的长相，究竟有多重要？

和老公热恋的时候，我问过他那个俗套的问题：你是什么时候爱上我的？

我心目中理想的答案自然是：我第一次见到你的时候就爱上你了。

然而老公的回答却是：我第一次牵你的手，那么软、那么滑、那么嫩，握着你手的那一刻，我知道自己彻底地爱上你了！

我大发雷霆。

流着泪照了一个晚上的镜子，他怎么可以这样？居然忽视了我的脸，直接跳到了我的手。难道我的脸，就没有一点点可以让他一见钟情的可能吗？

整整一个星期，我没有理他。

直到他送来一封信——那是他写给我的第一封也是最后一封

情书。

　　信里说，他当然是见到我第一眼的时候就喜欢我了（虽然我知道肯定是在哄我），但他真的特别喜欢我的手（此处省略三百字关于手的各种肉麻描写）……最后他说，我的手让他有一种温暖的感觉，手能让人如此温暖，那么这双手的主人也一定会让人更温暖。

　　我就这样心甘情愿地投入了他的怀抱。虽然他忽视了我的颜。

　　而从那个时候起，我也不再对自己的长相纠结。都说这是个看脸的世界，可是就算倾国倾城，那又如何？

　　木心说，美貌是一种表情。这种表情是天生的，无法改变。但后天的许多种表情，却是我们自己可以自由掌控的。当我们努力地学习、阅读和思考，当我们有了生活的阅历、内在的素养、思想的深度，我们眼角眉梢的表情会不经意地变得丰富和生动，这种表情甚至会渐渐替代原本天生的表情——也就是一个人的长相。我知道自己的长相并不完美，但正因为这样的一个我，才成全了这个世界上独一无二的自己。更何况我早已彻悟，一个真正爱你、愿意与你真心交往的朋友，并不会只注意你的容貌，人与人之间产生的强大的吸引力，终究只能是他的才华或者其人格上的其他种种魅力。

整得出漂亮的皮囊，整不出内心的万种风情

朋友帮我拍了一组照片，后期一处理，美得如梦似幻，忘了自己真实的模样，自恋地在空间"招摇过市"。

迅速地，就收到损友点评：这是你的近照吗？怎么感觉和我上周见到的你不太一样？

我大言不惭地回复：我刚整的容。是不是更貌美如花了？

女友笑得花枝乱颤。

其实，我真动过整容的念头。有一回饭局，席间有位资深美容达人，就如何保养皮肤永葆青春侃侃而谈。我仰慕地向她讨教，有消除眼袋的秘籍吗？美容达人盯着我的眼睛研究片刻，摇摇头，眼袋是绝症，不过有一个好办法，现在整形医院的祛眼袋手术是最简单的。

回家后，我默默地打开电脑，偷偷在百度输入"祛眼袋手术"然后看到一张手术流程示意图，我的心先就怯了。唉，何必呢？花钱给自己动刀子，嫁都嫁了，娃都有了，即便真整成貌美如花，又能如何？

放弃了"动刀子"的念头，却仍然经常给自己虚拟"整容"。手机里下载好多美颜APP，有事没事自拍一张，想要清新就清新，

想要田园就田园,想要朦胧就朦胧,想要化身梦露也只需手指一划,一秒钟,皱纹黑眼圈双下巴全部消失于无形。就这样,在自我蒙蔽、自我催眠的路上渐行渐远,却还不忘矫情地感慨一句:且自恋且蒙蔽。

但蒙蔽的,只不过是短短的几个瞬间。没有充实和强大的内心支撑,再华丽的皮囊,终究只能绽放一时的光芒,而失落和虚空的感觉,却越来越强烈。

那天和闺密一起去看《整容日记》,电影散场后闺密问我,如果给你机会让你免费整容,你想整成什么样的?我想了想说,你觉得把我整成奥黛丽·赫本那样的,有希望吗?闺密俨然化身成一个整形专家,在我脸上捏来扭去,片刻之后一本正经地回答我,我觉得整成她那样,还是有渺茫的希望的,问题是,你有奥黛丽·赫本那样的气质吗?

夜色中,我们放肆地哈哈大笑。

亦舒在微博上如是说:"人用旧了,同家具、瓷器、书本一样,黄黄黑黑,有种洗不干净的感觉,也许脸皮可以漂一漂,光洁如新,可是灵魂上沾染的斑斑点点,却无计可施,日子久了,会透出来,统统印在眉梢眼角。"

可不是嘛,你看到的某个人,并不仅仅只是他的一张脸蛋。一个人的经历和智慧,最终都会在他的脸上显现。正如有人说,30岁以前的容貌是父母给的;30岁以后,要靠自己。整出一副漂亮的皮囊,也许真的不难,可关键是,能整出气质吗?能整出内心的万种风情吗?

做一个内心强大的人，而不是做了只为"给人看"

　　小区对面新开了一家寿司店，店里的寿司很美味。经常光顾之后，知道了每周一他们店里都会推出一款特价寿司，比如说原价 40 元一盒的三文鱼寿司特价后会优惠到 34 元。

　　知道这则优惠信息后，我改在了每周一出现在他们店里，虽然只是享受到了几元钱的优惠，我也由衷地觉得这是我一天平淡生活中的小小欢喜。

　　既然是欢喜，我习惯与人分享，就发了一条微博。

　　后来，有朋友问我，你把自己"占小便宜"这样的事情暴露在别人面前，内心真的很坦然吗？

　　朋友说，她有时也会买特价商品，但会是悄无声息的，不会和别人说，像我这样大张旗鼓地广而告之，她会觉得很难为情。

　　我明白她的意思，就像我们在商场买打折商品时，有时候也会介意遇到熟人，因为自己会不由自主地去揣测熟人的心理：哦，原来她这么爱贪便宜，原来她的生活质量这么差啊。

　　显然，"占几元钱的小便宜"——这样不高大上的事情是不适宜展露在公众面前的。

　　十一长假，因为不想人山人海去凑热闹，选择宅在家里不出门。

有一天在附近的公园闲逛，偶遇一位朋友。看到我，他似乎有些不太自然。

我笑着和他打招呼，嗨，你也没有出去旅游啊？

他说了一大串的话，似乎要和我解释什么，本来他们是要去马尔代夫的，可是节后第一天孩子就要月考，只好陪孩子待在家里了……

最后他苦笑着说，现在长假没有出去旅游，简直都不好意思在朋友圈混了。

难怪，这些天都没有在朋友圈看到他的状况。

也许他的生活，也不由自主地被他分成了两部分吧，一部分是"给人看"的，另一部分是"不能给人看"的。显然，他没有出去度假这个事实，是"不能给人看"的。

有一个做全职太太的朋友，前两天突然不动声色地去报了一个韦博英语的国际班，而且一报就是三期。

这让我们大惊失色。一是因为之前没有任何的预兆，二是……其实我们都这么想：她什么也不缺，她的生活不用她去奋斗、去努力，而通常"太太们"的生活，不都是应该和优雅、享受有关吗？美容院 SPA，商场一掷千金，出席名流宴会……事实上，我们都觉得她泡咖啡馆比学英语更适合。

她很不以为意地说，学英语这件事情，她没有任何方面的动机，这只是她这辈子最大的本能愿望。

是的，不为给别人看，也不为显摆或者装 ×，我们的生活，什么时候才能过得坦然自如？

年轻时曾经把亦舒的这段话当作经典："真正有气质的淑女，从不炫耀她所拥有的一切，她不告诉人她读过什么书，去过什么地方，有多少件衣裳，买过什么珠宝，因她没有自卑感。"现在的我，只想篡改一下她的话："真正内心强大的人，从来不介意别人的眼光。他不会因为别人怎么看去做某件事，也不会因为别人怎么看放弃去做某件事。他做的所有事情，只是出于他自己内心的需要，当一个人真正淡定坦然的时候，他所做的一切都是自然的。"